国王的孩子也好，魔术师的孩子也罢，

每个孩子都有一个自己的王国。

——**雅克·布莱尔**[1]

1　法国歌手，代表作有《Ne me quitte pas》（意为：《不要离开我》）等。

我们的心，在某种程度上就像一个大衣柜。

——阿贾达沙特胡·拉瓦什·帕戴拉

by Romain Puértolas

困在
宜家衣柜里的
苦行僧

(法) 罗曼・普埃尔多拉
—— 著

高原
—— 译

北京联合出版公司
Beijing United Publishing Co.,Ltd.

L'extraordinaire voyage du fakir quiétait resté coincé dans une armoire IKEA

谨以最美的故事，献给雷奥和爱娃[1]。

谨以最美的旅程，献给帕特里西亚[2]。

1　作者的儿子和女儿。

2　作者的妻子。

目　录

CONTENTS

法国篇

印度人阿贾达沙特胡来到法国吐出的第一个词居然是瑞典词。真让人受不了！

“Ikea（宜家）。”

声音不大。

说完，他关上了这辆红色旧奔驰的车门，双手轻轻地放在膝盖上，像个乖乖听讲的孩子（话说丝质的西服真是折腾人）。

出租车司机觉得自己没听清楚，于是转过头，打算再问一遍。后座上，他的乘客正摆弄着靠垫上的小木球。

这是一位中年男子。他身材高大，瘦削，肤色较深，两撇大胡子遮住了大半张脸。青春痘在他深陷的双颊上留下了无数个坑坑包包。耳朵上、嘴唇上戴了不少装饰环，像拉链似的，似乎想一发挥完耳朵和嘴巴的功能就立即把拉链拉上。这个造型太经典了！古斯塔夫·帕鲁尔德心里盘算着，这是一个不错的创意，用它来应付妻子永不停歇的唠叨最好不过了。

男人穿着银灰色的丝质西服，红色的领带只用一个别针别着，衬衣雪白，只是这一身行头从里到外都皱得不能再皱了，很明显，这家伙在飞机上待了不短的时间。可奇怪的是他没有一件行李。

出租车司机看着自己后座上包着巨大白色头巾的男子，不由暗自思忖：这位不是印度人，就是脑子被驴踢了。从他的肤色和这两撇大胡子来看，他很可能就是个印度人。

“Ikea（宜家）？”

“Ikea（宜家）。”这位印度人拖着长音回答。

“哪个宜家？嗯…… Which Ikea?”（哪个宜家？）古斯塔夫结结巴巴地说。让他说英语，感觉比在冰上挣扎的狗还难受。

后座的男子耸耸肩，表示无所谓。“Djeustikea，”他回答说，“dontmatazeoanezatbetasiutyayazeparijan。”

这个回答对司机师傅来讲，说了等于没说，如同婴儿说的火星语一样让人迷茫。不管是不是火星语，在自己 30 年的出租车司机生涯中，古斯塔夫还是头一次碰到从戴高乐机场 2C 航站楼一出来就要去家具店的人，好像没有听说宜家最近开始开酒店了。

古斯塔夫觉得这个要求很奇怪，碰到的概率非常小。如果说后面的这位真是从印度来的，那他花了不少的机票钱，又在飞机上窝了八个小时，难道仅仅是为了来买几个比利搁物架或者是买把波昂扶手椅？真是棒极了！换句话说，难以置信！他得把这事儿记到自己的乘客簿上，就像得记录迪米斯·卢索斯[1]和萨尔曼·拉什迪[2]两个人把他们高贵的屁股放在自己出租车的后座上一样。当然，晚上回家吃饭的时候，他是绝对不会忘记对妻子说起这件事儿的。吃饭的时候，他总是没什么可说的，而女儿则致力于给她那些不太识字的同龄小伙伴狂发短信，无视自己的各种拼写错误。所以饭桌上的话语权总是被妻子一人垄断，当然，这

1　迪米斯·卢索斯 （Demis Roussos），希腊歌手，在 1968 年的时候与另外两位音乐人组成了爱神之子（Aphrodite's child）乐队。

2　萨尔曼·拉什迪（Salman Rushdie）出生于印度孟买，印度著名作家，曾获曼布克奖（The Mann Booker Prize）。

也许是因为她嘴上没有印度人这种缝嘴环的缘故。

“OK（好的）。”

这位来自茨冈的出租车司机为了给自己家的新房车选家具已经连续三个周末陪着家里的女士们在这家瑞典家具店蓝蓝黄黄的走廊里转了无数遍。所以他清楚最近的宜家是巴黎北部华西酒店旁边的那家，到那儿 8.25 欧元足够了。但他决定横跨大半个城市去巴黎南部蒂艾的那家宜家门店，从这儿走大概 45 分钟的车程。不管怎么说，这位游客只是想去一家宜家，又没有指定非得去哪一家。再说，看他身上漂亮的整套丝绸西服和领带，应该是一位富有的印度实业家。不过几十欧元的事儿，不是吗？

古斯塔夫对这位乘客非常满意。他搓搓手，快速地计算着路程，随后一按计价器，出发！

不错，今天开门红。

后座的这位同志，阿贾达沙特胡·拉瓦什[1]（读音的法语谐音意为：我雇用你的犁和牛）暗自决定在自己的第一次欧洲之行中，一切要低调，微服出行。借这次机会，他

1　原文为：Ajatashatru Lavash，法语谐音：J’attache ta charrue, la vache。

拿自己那块超大婴儿尿布状的裹腰布，换了一套质量上乘的丝质西服，又用一小块面包从亚马尔[1]（读音的法语谐音意为：我病了）手里租了条领带。亚马尔是村里的一个老头，年轻的时候一直给一家知名的洗发水公司做代言人，除了领带，拉瓦什还从他那儿弄了几个漂亮的灰色小装饰环。

离开村子的那两天，印度人把自己从头包装到脚，他暗自希望人们把他当成一位家境殷实的印度实业家。为了达到目的，他在这次长达 3 个小时的汽车及 8 小时 15 分钟飞机的漫长旅程中，放弃了舒服的休闲服、运动裤，还有轻便的凉鞋。把自己伪装成另外一个人，不管怎么说这也是自己的职业，他是个走江湖的魔术师。因为宗教的原因，在全身都重新包装之后，他保留了头上白色的头巾。他的头发大约有 40 厘米长，里面有无数的细菌、虱子，迎着风，不停地飞舞。

这天在上了出租车之后，阿贾达沙特胡[2]（读音的法语谐音意为：买只红猫）马上意识到自己这身行头在欧洲的领地上开始发挥作用了，尽管领带扣系得不是太完美。说

1　亚马尔（Dhjamal），法语谐音：J’ai mal。

2　法语谐音：Achète un chat roux。

起来惭愧，亚马尔[1]这个帕金森患者用他不停颤抖的声音还算清楚地讲解了这个结要如何打，无奈表弟和自己怎么也没弄明白，于是只能买了个别针别住。不过这是小节，一般人注意不到，不影响整体气度。

后视镜中的一瞥明显不能满足这个法国人的眼球。为了好好看看，他从自己的座位上扭过身去，也许是动作过快，扭过去的时候脖子发出了“咔嚓”一声，像是杂技表演。

“Ikea（宜家）？”

“Ikea（宜家）。”

“哪个宜家？嗯……Which Ikea？”（哪个宜家？）司机结结巴巴地说，让他说英语，他觉得自己比在溜冰场上挣扎的狗还难受。

“Just Ikea. Doesn’t matter. The one that better suits you. You’re the Parisian.（是宜家就行，无所谓。你说哪家就哪家，你是本地人嘛。）”

司机师傅搓搓手、笑了，挂挡、出发。

他上钩了！阿贾达沙特胡[2]（读音的法语谐音意为：我

1 见上页注释1，和前文中的亚马尔是同一个人。

2 法语谐音：J’ai un tas de shorts à trous。

有一堆烂洞的短裤）想着，然后满意地笑了。总的来说，他这身新行头完美地完成了它的使命。运气不错，如果不多说话，大家没准儿会把他当成本地人。

吞下可伸缩的剑，吃糖做的碎玻璃，把有机关的针扎进手臂，还有一系列类似的把戏使阿贾（阿贾达沙特胡的简称）在拉贾斯坦邦家喻户晓。这些戏法中的关键，只有阿贾和他表兄弟知晓。他们把这些戏法命名为“魔法”，并以此迷惑世人。

但没有例外，魔术大师也得付车钱。计价器上的数字已经攀升到 98.45 欧元。我们的阿贾全身上下只有一张面额 100 欧元的伪钞，并且伪得不是那么专业——只印了一面。他拿出了这 100 欧元，并且漫不经心地做了个手势，示意司机师傅不用找零。

在茨冈人把钞票装进钱包的时候，阿贾则致力于分散他的注意力。他抬手指了指蓝色建筑上四个醒目的黄色字母：I-K-E-A（宜家）。司机师傅顺着他的手指抬眼望去，魔术大师则趁此机会迅速地拽了一下手中透明的橡皮筋。橡皮筋的一头在阿贾手中，而另一头则连着那张绿色的伪钞。一秒钟后，钞票又回到了自己这个原主手里。

“这是我们公司的电话，如果有需要，请打给我们。

要是您东西多，我们也可以提供小货车为您服务。说真的，哪怕都是需要拿回去自己组装的家具，也要占很大的空间。”司机师傅想着钱包里新装入的 100 欧元，向阿贾热情地介绍着。

不知道自己刚才所说的这番话眼前这位印度人听懂了多少。他从手套箱里拿出一张名片，递了过去。名片上一位弗拉门戈舞者拿着白色的三角帽挥洒自如。

“Merci（谢谢）。”阿贾用法语说。

茨冈人的红色小奔驰开走了，阿贾把名片装进口袋里，然后把目光转向了面前这座巨大的商业建筑。

2009 年，宜家宣布了要在印度开店的计划。印度法律迫使瑞典经营者让印度当地人参与经营，而且印度人要持有半数以上的股权。这些规定把这个北欧商业巨人气得直跳脚。它习惯于吃独食，而非和他人分享利润。这些留着小胡子的媚俗音乐剧迷也想从它手中分一杯羹？简直是做梦。

与此同时，这个全球家居业巨头与联合国儿童基金会建立了合作伙伴关系，抵制雇用童工和奴役儿童。这个项目覆盖了印度北部 500 个村庄，在整个地区建立了为数众多的医疗机构、营养中心以及学校。阿贾被解雇后，就进了这样一所学校。那个时候他在乐歌喉[1]（读音的法语谐音意为：神经病）王公家受聘表演戏法，但是仅仅工作了一周就被解雇了，当时他非常落魄、非常不幸，因为他犯了盗窃罪。他从雇主那儿偷了块芝麻面包、一点儿脱脂黄油，还有两串有机葡萄。确切地说，他最大的不幸就是他会饿。

作为惩罚，他的两撇胡子被剃掉了，这对他来说是相当重的惩罚（尽管这样使他显得更年轻）。这还不算完，他必须去学校当反面教材，教育孩子们不要偷东西，不要犯罪，否则就得砍掉自己的右手。反正他是个魔术师嘛，应该既不怕疼也不怕死的……

把小铁棍插进胳膊，用叉子刺穿脸颊，拿刀子开膛破肚等，这些对他来说都司空见惯。但出乎众人的意料，他拒绝被砍手，选择了去学校当反面教材。

“先生，不好意思，打扰一下。请问现在几点了？”

印度人吓了一跳。猛然间发现面前站着个人。这是一位40岁上下的中年人，一身运动服搭配凉鞋，简单随意。手里推着的购物车上堆着十几个纸箱子，造型之经典让人不禁怀疑此人不是俄罗斯方块冠军就是精神有问题。

1 原文为 Lhegro Singh Lhe，法语谐音：Le gros cinglé。

对阿贾来说，刚才的问题就类似于：“Euskuz é moam eussieuori é vouleursivoupl é 。”

简单来说，就是没听懂。除了说“what（什么）”之外，还有别的选择吗？

中年男子这才意识到站在自己面前的是一位外国人士，于是用右手食指指了指左手手腕。我们的魔术师终于搞清了此人的意思，他抬头看了看天。习惯了在印度的太阳下看时间，想想现在是在法国，于是在告知对方时间的时候还考虑到了三个半小时的时差。中年男子虽然英语说得不怎么样，但听懂还是不成问题的。他突然意识到孩子们已经放学了，自己晚了不是一点点，立即向停车场奔去。

看着商场门口进进出出的人群，印度人突然意识到很少有人，或者说没有一个人像他一样穿西服、打领带，更没有头上包头巾的。入乡随俗，隐没于众的策略貌似实施得不太成功。希望别影响整个计划。运动服、凉鞋的装扮可能更合适一点儿。等他回去，一定得和表兄亚力丹纳普[1]（法语谐音意为：我爱达能果味奶）谈谈，就是他非让自己穿成这样的。

1　原文为：Jamlidanup，法语谐音 J’aime le Dan’Up。

阿贾对自己面前的自动玻璃门研究了半天。他的养母叫斯兰格（法语谐音[1]意为：注射器；英语谐音[2]意为：戒指），家里有台电视机，电视播的那些好莱坞和宝莱坞的电影是他现代化感观的全部来源。自动玻璃门之类的东西在他看来是现代科技的瑰宝，但是在欧洲人眼中却平淡无奇，没人会去注意这些。如果在吉沙尼亚古尔[3]（法语谐音意为：酸奶馅饼）也有这样的设施的话，他每次进门的时候都会怀着同样的热情一次又一次地好好看看这扇饱含现代科技的自动玻璃门。法国人真是一群被宠坏了的孩子。

阿贾10岁时，他生活的村庄还没有任何属于现代科技的东西。一天，一位英国冒险家来到了这个小村庄，拿着打火机对他说："先进的科技就像是变魔术。"当时还是孩子的阿贾一时间不能理解这句话的意思。于是英国人又解释说："简单地说，就是对我来说司空见惯的东西在你眼中却像魔法般的存在。这完全取决于你所在社会的科技发展水平。"冒险家动了动拇指，一串小火花之后，一簇

1　原文为：Sihringh，法语谐音 Seringue。

2　原文为：Sihringh，英语谐音 The Ring。

3　主人公阿贾的家乡，原文为 Kishanyogoor，法语谐音 Quiche au yahourt。

温暖、明亮的蓝色火焰就出现在了阿贾的眼前。离开村庄前，英国人表现出了出人意料的善意，他把这个打火机作为礼物送给了阿贾。当时，在这个位于塞尔萨尔沙漠边缘的小村庄里，人们都还没见过打火机。阿贾拿着这个打火机开始设计自己最初的魔术表演桥段，也就是从那时起，更坚定了他想成为一名魔术师的决心。

乘飞机的那一夜，阿贾几乎没睡，飞翔让他重温了儿时那种新奇的感觉。他从来没有离开地面超过 20 厘米，所以这次旅行对他来说是一次不可思议的体验。那一晚绝大部分时间他都注视着窗外，一切对他来说都是那么新奇，那么不可思议。

自动门又打开了，像是在迎接他的到来，于是，印度人决定放弃对自动门本身的研究，穿过自动门进入卖场。看着大厅里的儿童游乐区，阿贾不禁想，真是矛盾啊！宜家在印度建了那么多所学校和孤儿院，却没开一家店！

想到这儿，他突然意识到自己乘汽车、又乘飞机坐了十几个小时来这儿是有正事干的。还要赶明天的飞机，时间似乎不是太充裕了。于是他加快脚步，上了电梯。

对于满脑子民主、人权的西方顾客来讲，宜家的经营理念十分不同寻常：被迫逛商场。

比如，你想去的是一楼自助提货区，但你却不得不先上二楼。走廊蜿蜒曲折，长得似乎没有尽头。你顺着走廊穿过一间间卧室、客厅、厨房，一间比一间漂亮。然后来到一家诱人的餐厅，在吃上了几个肉丸子或是一份三文鱼卷之后，终于下楼来到了自提卖场提货。一般来说，一个本来只打算买三个螺丝和两个螺栓的顾客来到宜家之后会沿着走廊被迫逛上四个小时，走的时候不仅酒足饭饱，还会搬回家一个整体厨房。

瑞典人真是足智多谋，他们在地上画上了指引性的黄线，避免有些顾客另辟蹊径破坏参观的完整性。不知道沿着走廊逛完二楼需要多久，阿贾根本就没沿着黄线走。他想，这个松木家具巨头一定在衣柜顶上都安排了狙击手，费尽心机地阻止顾客们自由散漫地逛商场。

我们这位来自拉贾斯坦邦的魔术大师在这之前只见过朴实无华的印度家具，现在置身于这么漂亮精致的展厅中有点儿不知所措。心里只有一个想法：赶紧选一处地方，坐在一张英格托餐桌旁，最好再有一位身着黄蓝相间纱丽的瑞典佳丽端上一碗美味的炖鸡，吃完，再裹着宜家出品的床单在宜家的床垫上睡上一觉，或者干脆躺进浴缸，打开热水好好泡一泡，解解乏。

但是，如同他的魔术一样，展厅里的一切都只是看着像那么回事儿而已。在比利书架上随手拿起一本书，你会发现自己拿的根本不是书，而是一块儿蒙着书皮儿的塑料板砖；客厅里的电视机里一个电子元件也没有；浴缸的水龙头里别说热水，就是冷水也没有一滴。

尽管如此，他还是决定在这儿过夜。因为他既没钱，也没订酒店，而且明天下午 1 点就要上飞机走了。再说，他全身上下只有那张 100 欧元的伪钞，就这么一张伪钞还是他留着买床的，毕竟拿透明橡皮筋把给出去的钱再拽回来这种把戏不能没完没了地使。

确定了过夜的地方，阿贾松了一口气，现在他终于可以心无旁骛地执行自己的任务了。

阿贾有生以来从来没有见过这么多的椅子、这么多的意大利面夹和这么多的灯。他瞪大眼睛，惊奇地看着眼前的一切。在这里，数不清的各种各样的商品触手可及。这其中的很多东西，他都搞不清是干什么用的，但是这对他来说无关紧要。令他吃惊的是各种各样的商品是如此之丰富，真算得上是阿里巴巴的宝藏了，好东西比比皆是。如果表弟也在这儿的话，他会指着这些对表弟嚷嚷：“快看这个！看那个！哦，天哪，看这个！”一边喊，一边像个孩子一样从这边跳到那边，这儿摸摸、那儿摸摸。但现在只有他一人，他只能自己对自己说：“快看这个！看那个！哦，天哪，看这个！”不能像个孩子那样跳来跳去，东摸摸西看看，那样会被人当成疯子。在他们村里，疯子会被人们用长长的木棍抽打。至于在法国还有没有什么更好的对待疯子的办法，他没兴趣知道。

这些沙拉盆和灯提醒了他，从某种意义上说，自己来自于一个与此完全不同的世界。可以说如果没有来到这里，他可能永远不知道世界上还有这样的地方。他得把自己的所见所闻仔仔细细、原原本本地讲给表弟听。要是表弟也在这儿该多好啊！身边没有可以分享的人，便不能充分地享受发现的乐趣。很多时候，思乡之情会让人间至美的景色变得暗淡无光。

想着想着，阿贾来到了卧室区。现在在他面前有十几张床，床上铺着各式各样色彩缤纷的羽绒被，标签上的产品名不仅不知所云，还异常拗口。Mysa Strå、Mysa Ljung、Mysa Rosenglim，各种天马行空的字母组合弄得人眼花缭乱（不知道他们是不是随便拿字母拼词玩呢）。床上的枕头有些摆得非常整齐，有些则看似随意地放着，它们看起来是那么柔软，那么舒服，让人真想躺下睡上一觉。

一对情侣腼腆地在一张伯克兰床垫上躺了下来，憧憬着把床垫买回家以后双双躺在上面的甜蜜时光。也许思想都延伸到要在这张床垫上制造出个小人儿来了。旁边一块牌子上用英法双语告诉顾客，有十分之一的宝宝是在宜家出品的床上被制造出来的。这个调查显然是没有把印度考虑进去。

两个小朋友像野人一样跳到一张阿斯普隆床垫上，然后一场枕头大战就爆发了。这个理想化的广告牌此时成了池鱼，碎了一地。那对年轻夫妇刚试了两张床，就遭遇了这场枕头大战，不得不从床垫上赶紧起来，去了浴室区，并且决定无限期地推迟造人计划。

阿贾也不傻待在这儿浪费时间，溜达到一边儿看床头柜去了。不是他不喜欢孩子，恰恰相反，他喜欢孩子，但是因为这边展出的床实在是没有一款适合他。他想要的那一款貌似这儿没有。

他看到了三个工作人员。宜家工作人员都穿着工作服，黄蓝相间——这是瑞典国旗的颜色，刚才在餐厅区，他幻想出来的那个给自己端来一碗炖鸡的瑞典佳丽，身上穿的纱丽也是这个颜色。但是这三个员工貌似都在忙着为其他顾客服务。阿贾走近了其中一个，等着他把其他顾客的事情处理好，然后来处理自己的问题。

阿贾选中的这个店员是个胖子，鼻梁上架着一副绿色镜片的眼镜，形象鲜明突出，属于让人一见难忘的那种。他一边操作着电脑，一边时不时地抬眼看看面前的两人。几分钟后，他从打印机里抽出一张打印好的纸条递给了面前的这对夫妇，后者满意地拿着纸条，大步流星地走了，迫不及待地想告诉亲朋好友们艾尔顿·约翰[1]来宜家工作了，自己刚刚在他这儿买了一个鞋柜。

确定了这名工作人员会讲英语后，阿贾觉得自己可以畅所欲言了。他问店员是不是所有最新款的床展厅中都有。为了便于说明自己的意思，他从西装口袋里拿出一张纸，打开，递给了这位店员。

这是一张彩色图片，图片上是一张瑞典松木魔法师床，床有三种颜色可供选择，并且配有不锈钢高度调节钉。这张图片是从宜家 2012 年 6 月的产品名录上撕下来的，这本产品名录在全世界一共发行了 19 800 000 份，是圣经发行量的两倍。

1　艾尔顿·约翰（Elton John），英国著名流行音乐创作歌手。

多种配置可供选择：200钉版（昂贵异常且相当危险），5 000钉版（价位适中，舒适度高），15 000钉版（价格亲民，十分舒适）。床的上方，有一行醒目的标语——“让夜晚来得更刺激些吧！”加粗的黄色数字是15 000钉版的标价：99.99欧元。

“店里没有这款床了。”这是店员给出的答案，“Inventory shortage（库存缺货）。”这个和艾尔顿·约翰造型雷同的家伙对阿贾解释说，他的英语相当地道。

看到对方一听到这话当场就变脸了，他赶紧补充道：“但是您可以预订。”

“预订需要多长时间能到货？”印度人焦急地问道。他怕自己奔波劳碌，到头来却是一场空。

“您明天就可以提货。”

“明天早晨可以吗？”

“可以。”

“这样的话，麻烦你帮我预订吧。”

满足了顾客的需求，这个胖店员对自己的表现非常满意，随即把手伸到了键盘上。

“请问您怎么称呼？”

“可以叫我帕戴拉先生，名字是阿贾达沙特胡，按读音拼写就行。”

“见鬼！[1]”按读音拼写也很难拼写啊，胖店员不禁低声说。

可能是为了节约时间，也可能是实在懒得写了，胖店员在空格栏里写了一个X。在他写X的时候，阿贾达沙特胡在困惑地思考这个欧洲土著是怎么知道自己的中间名拉瓦什的。

“好了，瑞典松木魔法师床，配不锈钢高度调节钉。您要什么颜色？”

“都有什么颜色可选？”

“红色美洲狮、蓝色小乌龟和绿色小海豚。”

“我看不出来这些颜色和这些动物有什么相关性。”阿贾承认自己看不出来这些颜色和动物之间的关联。

“这些不在我们的考虑范围，是市场营销的事儿。”

“好吧，那就要红色美洲狮吧。”

胖店员转身敲了一通键盘。

“行了，您明天上午10点之后来提货就可以了。还有别的问题吗？”

1 法语原文为：La vache，读音同本文主人公的中间名拉瓦什。

“就一个小问题，纯粹是出于好奇。15 000 钉版的床怎么能比 200 钉版的便宜三倍呢？而且 200 钉版的床还比 15 000 钉版的危险。”

胖店员抬眼从镜框上方打量着阿贾，貌似没有听明白他的问题。

“我觉得您没有听懂我的问题。”阿贾接着说，“哪个白痴会买一张又贵、又不舒服、还危险的床？！”

“当您花一个礼拜的时间把 15 000 个钉子弄进 15 000 个属于它们的钉子孔里之后，您就不会再问这个问题了。先生，请相信我，您到时候就会后悔没买又贵、又不舒服、还危险的 200 版钉这款床了。”

阿贾从钱包里小心翼翼地拿出那张 100 欧元的假钞。一边往外拿，一边注意不让空白的那一面露出来。他把那根透明的橡皮筋摘下来了，因为这次他要把它花出去。任务就要圆满完成了，马上就好了。

“不是在这儿付账，先生。收银台在那边。您明天提货的时候再付款，总共是 115.89 欧元。”

胖店员微笑着把那页纸递给了他。阿贾这会儿要不是手里紧紧地攥着这张纸，就要当场晕倒了。

“115.89 欧元？”阿贾又惊又怒。

“99.99 欧元是促销价，很遗憾促销在上周就已经结束了。您看，那边写着呢。”

胖店员一边说，一边用胖胖的手指指了指那张商品目录底端的一行比蚂蚁腿没大多少的小字。

“这样啊！”

阿贾的世界瞬间崩溃。

“希望我们的服务令您满意。您要是满意的话，请向您的亲朋好友推荐下我们店。要是不满意，就不用说了。谢谢。”

说完，这位年轻版的艾尔顿·约翰认为他们之间的谈话到此就圆满结束了。于是他看向了排在阿贾身后的那位女士。

“您好，女士，有什么可以为您效劳的吗？”

我们的魔术师只好让开了地方，好让后面这位女士上前面来。他非常着急，紧紧地握着那 100 欧元，脑子里不停地想着怎么才能在明天上午 10 点之前弄到少的那 15.89 欧元。

阿贾在收银台旁边的一块告示牌上看到这家家具商场每周一、周二和周三，晚上 8 点钟结束营业。从一位红发胖妞的塑料手表上，他知道了时间，19 点 45 分。他觉得自己最好赶紧去卧室区。

尽量避开周围的视线，阿贾溜进了一间色彩艳丽、炫目的卧室。刚钻到床底下，广播就响了，是一个女人的声音。即使平躺着，这位印度朋友也被这突如其来的声音吓了一跳，头在床板上狠狠地撞了一下。他以前从来不相信平躺着也能被吓得跳起来。

全身上下都处于警戒状态，这位魔术师想象着狙击手们都已经在衣柜方向各就各位，所有的瞄准镜都指向他藏身的这张床，与此同时，一队由法国人和瑞典人组成的突击队悄悄地摸了进来，包围了这张床。胸膛里，心脏跳得和宝莱坞乐队的演奏一个节奏。他把领带上的别针拿掉，解开领子上的扣子，好好地呼吸了一大口新鲜空气。他的旅程接近尾声了。

几分钟过去了，没人靠近他。阿贾觉得刚才广播里的声音应该只是通知大家商店要关门了。

他松了口气，静静地等待着天亮。

几个小时前，就在那名胖店员刚刚处理完他的要求之后，阿贾觉得有点儿饿了，于是便向餐厅走去。

他不知道几点了。在卖场里，看不到太阳，所以也不能通过太阳的位置判断时间。表弟帕克曼[1]（英语谐音意为：吃豆人）曾经告诉过他，在拉斯维加斯的赌场里是没有表的。这样，顾客们就意识不到时间的流逝，于是消费得就会比预算多出一大截。宜家把这个诀窍运用得十分娴熟，无论哪面墙上都没有挂钟。而作为商品的那些挂钟则都没有装上电池。多狡猾的卖家啊！不管有没有表，浪费时间这种奢侈的行为都是阿贾无论如何也不能允许的。

这位印度朋友到处看人家的手腕，终于看到了一块手表，那是一块黑色的百达翡丽运动手表。

14 点 35 分。

身上只有一张 100 欧元的伪钞，还是亚力丹纳普表兄费了半天劲儿才印了一面的低级伪钞。拿着这 100 欧元，再有 15.89 欧元，就能买他想要的那张床了。闻着饭香味，阿贾向餐厅走去。

他在点餐队伍的队尾站定。前面是一位 40 岁上下的女士，身材苗条，金发碧眼，肤色是好看的古铜色，衣着打扮十分考究。真是个完美的碰瓷儿对象！阿贾一边这样想着，一边慢慢地向她靠近。她身上的香味很好闻，用的香

1　原文为 Pakmaan，英语谐音：Pacman。

水绝对不便宜！端着托盘和餐具的手保养得当，指甲上深红色的指甲油散发着迷人的光泽。

印度朋友趁着这会儿迅速地从口袋里掏出一副假 Police 太阳镜戴上。然后又向这位女士靠近了一点儿，也拿了一个托盘和刀叉端着。他慢慢地贴向她的后背，然后心里开始算计着：3，2，1。就在这时，似乎感觉到和后面的人挨得太紧了，这位法国女士突然转过身来，然后就看到阿贾的太阳镜掉到地上摔成了几瓣。成功了！

“My Gosh（天啊）！”魔术师惊叫出声。神色慌张地看着满地的碎片，便把手里的托盘放在一边，跪在地上开始捡眼镜碎片。

相当戏剧化！

“哦，实在不好意思。”这位女士吃惊地看着这一幕。说完，她也把托盘放在一边，蹲下身子帮着阿贾捡碎片。

阿贾注视着手里的碎镜片，显得那么悲伤。旁边的这位女士默默地把金色的镜框递给他。

“不好意思，都是我笨手笨脚的。”

碰瓷儿的装模作样地耸了耸肩，向女士示意不要紧。

“Never mind. It’s OK.”（别在意，没关系的。）

“没关系？怎么会没关系呢？我得赔偿您的损失。”

阿贾达沙特胡笨手笨脚地尝试着把破碎的镜片安进镜框里。但一面刚安好，另一面就又掉了。

在魔术师表演安镜片的时候，这位女士从包里掏出皮夹，拿出一张 20 欧元的纸币递了过去，解释说自己只能赔这么多了。

阿贾达沙特胡彬彬有礼地拒绝着，但是在这位女士的坚持下，他不得不把这 20 欧元接过来，装进了口袋里。

“Thank you. It is very kind of you.”（谢谢。您真是太客气了。）

“应该的，应该的。哦，到我点餐了。”

阿贾把太阳镜碎片收拾收拾装进了西裤口袋里。随后，又端起了自己的托盘。

小偷们谋生真是太容易了！短短几秒钟的时间，阿贾就把买床缺的 15.89 欧元赚回来了，除此之外还多赚了 4.11 欧元。于是他决定犒劳一下自己空空如也的肚子。辣辣的西红柿汤，烟熏三文鱼卷配上炸薯条，再来一根香蕉，一杯无气可乐，真是棒极了。而且幸运的是还有人陪他共享美食。刚才太阳镜事件中的女主角叫玛丽·里维埃尔，她也是一个人，于是便邀请阿贾共进午餐，并且说为了表示自己的歉意，这顿饭她请客。

被碰瓷儿的和碰瓷儿的，羚羊和狮子，居然在同一张桌子上吃饭，而且还有说有笑。阿贾奇怪的装束：西装配头巾，再加上他的故事，真是最好的笑料。如果有来自阿贾家乡，吉沙尼亚古尔的朋友看到这一幕，绝对不会相信自己的眼睛。因为我们的魔术师朋友曾经许过宏愿，决心要过清苦的日子，所以基本上不食人间烟火，只吃钉子和螺丝。而现在，他却正对着桌子上的薯条、熏鱼大快朵颐，旁边还坐着一位迷人的欧洲美人儿。在他们那儿，如果这一幕被人拍下来，足够把他的魔术师执照吊销了，说不定胡子也得被刮掉。情节严重，前途堪忧啊。

“有些时候，还真是塞翁失马，焉知非福。”玛丽红着脸说，“如果不是我把你的太阳镜打碎了，咱们就擦肩而过了。我也不会有幸看到你这么美丽的眼睛。”[1]

也许作为一位女士这么说不太合适，可能不该是她来迈出这第一步，但是她确实发现阿贾有一双美丽的眼睛。迷人的可乐色，虹膜上还有几个黄色的小圆点儿，像是可乐汽水里的小气泡。可惜现在他杯子里的是无气可乐，看不

1　文中玛丽和阿贾的对话用语为英语，为了行文方便且便于读者理解，后文中两人的对话都用中文表述。

到那些可爱的小气泡。他眼中的是可爱的小气泡，或者是美丽的小星星呢？到了她这个年纪，想要什么就得马上去争取。韶华易逝啊！就像现在，在宜家餐厅排队点餐时稍微挤了点儿都能挤出一个艳遇来，真是比在蜜糖交友网上混三年还有成果。

阿贾微笑着，但显得有点儿局促。小胡子向两边翘了起来，和赫尔克里·波洛[1]似的，他的唇环也移了位。在玛丽看来，这些装饰环让他看起来像个坏男孩，野性，又有男人味儿。总之，是她喜欢的类型。衬衣也完美无瑕，真是不错的混搭。纯粹的“冒险家”风格把这位法国女士迷住了。

“您现在是住在巴黎吗？”她勉强抑制着心中的激动，假装平静地问。

“可以这么说。”阿贾回答说。他并没有说自己晚上打算在宜家过夜。“但是我明天就走了，我来这儿就是想买点儿东西。”

“往返 7 000 多公里的路程，什么东西值得你跑这么远来买？”这位迷人的女士满脸疑惑。

1 赫尔克里·波洛（Hercule Poirot），英国著名女侦探小说家阿加莎·克里斯蒂笔下的比利时籍侦探。

阿贾告诉她，他来法国就是想买一张刚刚上市的最新款的钉钉床。钉钉床垫和弹簧床垫有点儿像，用了一段时间之后，都会陷下去一块儿。钉钉床用得时间长了，钉子尖就会变钝了，就得换了。当然了，他没说自己是个穷光蛋，之所以能来法国买床，靠的是村里被他魔法征服的村民的接济（而之所以来巴黎，是因为来巴黎的费用最低）。买张新床则是为了让他这位可怜的伪风湿病患者能睡得舒服点儿。这也算是一种朝圣吧。宜家，算是他的卢德神洞吧。

在说这些的时候，阿贾发现自己生平第一次感到说谎不那么容易。对他来说，回避真相已经成了一种本能。但是玛丽身上的一些特质似乎影响了他这种本能的发挥。他发现这位法国女士是那么纯洁，那么温柔，那么亲切。他觉得自己亵渎了她，同时也亵渎了自己。这种全新的感受，这种负罪感，对他来说不是正题。玛丽美丽的面孔纯真而亲切，瓷娃娃一般的脸庞充满人情味儿。这种人情味儿正是阿贾这样在弱肉强食的世界中讨生活的人所缺失的。

以前有人找他不是为了让他帮着治便秘就是请他帮忙解决勃起问题，这是第一次有人不是因为这些烂事儿来问他问题。他甚至后悔自己用这么卑鄙的手段骗了玛丽一顿饭。

她的眼神，她的微笑，所有这些都是为了讨他的欢心。

他有点儿不适应女士主动，因为在他们国家，这种事情一般都是男士主动。但不管怎么说，这种事情都是需要勇气的。

阿贾把手伸进口袋里，轻轻地抚摸着那个道具太阳镜框。其实这六块碎片是能重新拼上的，到处飞溅的碎片造成了太阳镜碎裂的假象。

他用这个东西碰瓷儿的时候，就知道大部分人出于愧疚，一定会主动提出赔偿的。

事实上，一分钱都没花。阿贾在一本写骗术的旧书上看到过摔花瓶碰瓷儿的花招，他只是把这个招数稍微改进了一下而已。

碎花瓶碰瓷儿法

道具（用具）：一个纸盒、一个碎花瓶、礼品包装纸适量。

拿着一个礼品包装的邮包到一家大型商场里溜达。邮包里装上事先准备好的花瓶碎片。走到货架中间，然后慢慢靠近要碰瓷儿的对象，直到贴住他。突然感到身边有人，他肯定会吓一跳，这个时候撒手，让邮包掉在地上。飞溅的碎玻璃很能说明问题。然后再告诉他，这个精美绝伦的花瓶是您要送给姨妈的礼物，现在摔碎了真是可惜。然后被碰瓷儿的这位出于愧疚，便会提出赔偿。

“我明白您为什么令女士们着迷了，”玛丽微笑着说，“但我想知道的是您是怎么让蛇也为您着迷的呢？”

说实在的，虽然这位法国女士是那么迷人，但阿贾真没有要勾引她的意思。但这并不妨碍他接受她的恭维，如果这算是恭维的话。必须感谢她的慷慨，正是因为她的慷慨，他才能从她那儿弄到了 20 欧元，虽然手段不怎么光彩。基于此，阿贾觉得告诉她一个魔术师的小诀窍并不丢人，也不吃亏。

“您真是位迷人的女士！没别的意思，纯粹的赞美。让我告诉您这个属于魔术师的秘密吧。”阿贾一本正经地说，“但您得替我保密才行。”

“没问题。”玛丽一边说，一边轻轻碰了碰他的手。

事实上，两个瑞典餐盘把他们隔开了，但是在玛丽脑海里的虚拟场景中，阿贾深情地拥抱着她，耳鬓厮磨，亲密无间。

阿贾有点儿不安，把手缩了回来。

他的心情貌似还没有平静下来，说话有点儿结巴："在我们村里，我们特别小的时候就习惯了蛇的存在。我一岁的时候，哦，那个时候你可能还在拿着娃娃玩过家家，我呢，我在那个时候就有了一条漂亮的眼镜蛇，它既是我的玩具，也是我的小伙伴儿。当然了，大人们会定期检查，得确定它没有毒才行。检查的时候，拿一个空果酱瓶，把瓶口紧紧地缠上一块儿布，然后让眼镜蛇去咬。其实它的毒液是好东西，可以拿来制作解毒的药品。但是我跟您说，即使没有毒，被它咬一下，或是被它的头扫到也是很要命的。言归正传，您想知道我们是怎么驯服眼镜蛇的吗？不知道您知不知道，其实蛇是没有听觉的。我们有一种专门的蛇笛，看起来就像是在一个葫芦中间插了一根长长的木管儿。蛇就是随着笛子的摆动和空气的振动摇摆运动的。在我们看来它是在跳舞，其实它只是随着笛子的摆动摇摆而已。很令人着迷吧？"

是的，玛丽非常着迷。这些年，在她家过夜的年轻男子不少，但没有一个能令她如此着迷。寂寞难耐，一个人生活真是不容易。单身生活总会有很多遗憾。就像对玛丽来说，好歹有个伴儿总比没有强，太多的分别之后，她只能独自品尝追悔莫及的苦涩。

“吸引蛇的注意力要比吸引女士们的注意力容易得多。”阿贾幽默地结束了话题。

他微笑着。

“那得看是什么样的女士。”

有时候，这位迷人的法国女士纯真脆弱得如同一个瓷娃娃，但是下一分钟，她又像只猎豹般优雅迷人。

“而蛇……”

谈话似乎有越来越古怪的趋势。在印度，事情很简单，没人试图吸引魔术师的注意，至少阿贾愿意这样想，因为在印度确实没有人调戏过他。和这位法国女士相处令他非常愉快，感觉很不错。但遗憾的是他只能在这儿停留一晚，还没有酒店住，而且他来法国也不是为了寻花问柳。他有自己的事情要办，更何况一夜情这种事情，他真的无福消受。不行，从现在起必须忘了这一切。这些烦人的想法赶快走开，走开！

“您呢？您是来买什么的？”这话问得结结巴巴。一心二用不是那么容易的，阿贾一边转移话题，一边试图把自己脑子里乱七八糟的想法清空。

但是玛丽的乳沟真的很美很诱人，想要强迫自己避开视线真的很难。看着看着，脑子里各种乱七八糟的想法又开始漫天飞舞了。

“想买盏灯，再买个金属挂杆，安到厨房洗碗池上面挂餐具。但没什么中意的。”

趁玛丽说话的空当，阿贾迅速地做了个小动作。然后，只见他张开手，竖着伸直，手心朝里，然后把自己的叉子放在了手掌上。在他的手指后面，叉子悬空了，从水平角度看像是变魔术一样。

“您觉得这个餐具挂钩怎么样 ？这可是独一份，宜家也没的卖。”

“天啊，您是怎么做到的？”玛丽非常好奇。

印度朋友眯起眼睛，很神秘的样子。他摇摇手，示意叉子很牢固。

“快说，赶紧告诉我到底是怎么回事儿。”她像个任性的小姑娘一样催他公布答案。

她几次靠近阿贾想看看他手掌后面藏着什么，但都被他躲开了。

魔术师知道，在这种情况下，沉默能最大限度地激发观众们的好奇心。他已经给她解释过蛇笛的奥秘了，他不能再说别的奥秘了，不能让她发现他做的这些都只是一些江湖骗术。为了面子，他做了个最自提身价的选择，就像他的同行们那样——说谎。

“熟能生巧，再加上那么一点儿悟性。”

事实上，如果玛丽在他身后的话就会发现其实他的袖子里藏着一把餐刀，叉子是卡在他的手掌和这把餐刀之间的。这并不需要太多训练，也不需要多少悟性。

“您的甜品还没吃完呢。”阿贾打岔说。

就在玛丽终于把视线转移到自己的乳酪蛋糕上的时候，阿贾迅速地把餐刀从袖子里拿出来，神不知鬼不觉地放回到自己的餐盘右边。

“你真讨厌,都不告诉我你是怎么……”她有点儿生气了。

“以后我给你表演铁丝穿舌头，保证铁丝拿下来以后舌头完好无损，一个洞也没有。”

玛丽觉得有点儿晕。不能这样了，她受不了了。

“去看埃菲尔铁塔了吗？”趁着对面的男人还没说要表演拿叉子穿舌头，她赶紧转移话题。

“没有。我从新德里坐飞机过来，今天早晨刚到。然后就从机场直接过来了。”

"关于埃菲尔铁塔有很多的逸闻趣事。您知道莫泊桑讨厌这座建筑的吗？他每天都在铁塔底下吃饭，因为那里是整个巴黎唯一看不到铁塔的地方……"

"也许我得先弄清楚这位莫泊桑先生是谁。但不管怎么说，我喜欢这个小故事。"

"他是一位 19 世纪的法国作家。"玛丽一边品味着最后一小口乳酪蛋糕，一边说道，"还有更有意思的[1]（松脆的），当然，不是指我的乳酪蛋糕，虽然它是那么绵软可口。一个叫维克多·拉斯体格的骗子成功地把埃菲尔铁塔卖了。难以置信，对吧？铁塔是为了 1889 年的世博会建的，世博会结束之后铁塔按理说应该被拆除。说实话，铁塔的养护对法国政府来说是一笔很大的开支。这位拉斯提克，不好意思，是拉斯体格，他假扮政府官员，又伪造了一份国有资产买卖合同，把拆成了 N 份的铁塔卖给了一家大型金属回收公司，足足挣了十万法郎。"

玛丽拿出手机，打开计算器功能，想把这笔钱折合成印度卢比。而阿贾听完故事不禁想，这位拉斯体格真是厉害，自己和他一比就是一个初出茅庐的愣头青。自己一直保持

1 原文为 croustillant，原意为松脆的，这里取其引申义——有意思的。

沉默，光听玛丽说似乎不太好，他觉得自己也应该给玛丽讲一些自己国家有意思的故事和传说。他讲的魔术师故事一点儿也不精彩，但是依然能让这位迷人的女士笑声不断，她丝毫没有意识到这个故事的主人公就坐在自己对面。

“无论如何，您不去参观埃菲尔铁塔真是太遗憾了。那儿有好多印度人，也许您去了还能碰到一个亲戚朋友，他们在那儿卖铁塔（纪念品）。”

阿贾不是太明白玛丽话里的意思。毫无疑问，这是翻译的问题。她是说在巴黎生活的印度人都是房产经纪人吗？如果他能去战神广场[1]走走，就会发现那儿的巴基斯坦人和孟加拉人比印度人还多。大家都忙着招揽生意，卖的就是些钥匙环，或是各个著名建筑物的小模型之类的东西。一边卖东西，一边还得躲着城管。

“您知道吗，我很长时间都没有像今天这么开心了，没有任何一位男士和我聊这些，这些……特别的话题。”玛丽坦率地说，“遇见您这么直率而真诚的人真是太荣幸了。您这样的人总是做好事，还给周围的人传递正能量，和您相处真让人愉快。我这么说也许有点儿冒昧，但是我真的觉得虽

1 Champ-de-Mars，埃菲尔铁塔下的一片绿地。

然我们刚刚相识，但感觉像是相交了多年一样。我必须承认，从某种意义上说，我庆幸自己打碎了您的太阳镜。”

在说这番话的时候，这位迷人的法国女士又变回了那个睫毛弯弯、眼睛大大、纯真无比的瓷娃娃。

我吗？我是一个天天做好事儿，还传播正能量的正人君子？阿贾翻过来掉过去，怎么看自己也不像她说的这种人。他意识到这纯属偶然。有些时候，人们会根据自己的臆想把你塑造成另一个人，真、善、美，却不是真身。从开始这趟旅程到此刻，阿贾第一次感觉自己的内心受到了极大的触动。

而这只是一个开始。

在床底下待了几分钟后，见没人过来，阿贾放松了警惕，有点儿昏昏欲睡。黑暗、寂静、长途奔波，再加上平躺这种标准的睡眠姿势，困意终于战胜了理智，征服了他强壮的身体。他能假装自己从未经受过痛苦，但不能假装自己毫不疲惫。床底下是个与世隔绝的小世界，在这儿，他奢侈地允许自己放松一会儿。

他再次睁开眼睛的时候，已经是两小时之后了。有时候，我们睡了一小觉之后突然醒来，会忘了自己置身何地。

阿贾现在就是这种情况。他以为自己瞎了。他被吓了一跳，头又一次撞到了木头床板上，然后他意识到自己是在法国一家宜家卖场的一张床底下。这些法国人的床，或者说是瑞典人的床，实在是太矮了。

他想到了玛丽。几小时前，他们在浴室展区分别。分别的时候，他甚至没有向她保证下次来法国的时候一定打电话给她，好让她带着他去参观埃菲尔铁塔，顺便见见他那些做房产经纪人的亲戚。

分别之前，她邀请他去巴黎最繁华的街区喝一杯，但是他拒绝了，她显得有些失望。其实，他也想和她一起度过这个夜晚，这个他在巴黎停留的唯一一个夜晚。但是这会打乱他的计划，影响他的任务。只不过是在印度和法国间的一个往返，但是他不会再来了。但至少现在，他有她的电话号码。他脑子里一团乱麻，也许有一天……

阿贾冒险地探出头观察了一下四周：蓝色的亚麻油毡，满地的灰尘，各式各样的床腿，还好，没有人腿。

他悄无声息地从床底下钻出来，偷偷地看了一眼卖场的天花板，怕天花板上有监控摄像头。但是他没看到类似的东西。话又说回来，他也不知道监控摄像头长什么样。在他们村，摄像头算是稀罕物，没几个人见过。总之，宜家没想象中那么牛。没有埋伏在衣柜上的狙击手，没有摄像头，什么都没有。还是苏联人的安保意识比较强。

不再小心翼翼地警惕周围的动静，他开始在走廊里慢慢悠悠地闲逛，整个世界都安静了，就像挽着玛丽的手，悠闲地在各式各样的家具中漫步，准备选一把扶手椅，或是一面镜子来装点他们在巴黎的爱巢。当然，窗子一定是朝向埃菲尔铁塔的，那位莫泊桑先生每天都要在那儿待上一会儿，尽管他并不喜欢这个铁怪物。阿贾想，玛丽这会儿一定一个人待在家里。真是有点儿可惜了。

他把手伸进上衣口袋里，去找那张写着玛丽电话的口香糖包装纸。他把这串数字看了无数遍，直到可以把它们倒背如流。每一个数字都柔情洋溢，每一个。把糖纸折起来，放进裤子口袋里。怕把它弄丢了，所以放得很深，紧贴着他的小兄弟。他珍视的东西一般都放在这儿。好了，不能再想这些了。任务，任务才是第一位的。

阿贾看了看周围，觉得自己置身于此是那么幸运。他此时的心情就像一个偷偷潜入一家大型玩具店的孩子那么兴奋。他只在自己的表兄弟瓦什阿斯特玛提克[1]（法语谐音

1　原文为：Vachasmati，法语谐音：Vache asthmatique。

意为：患了哮喘的牛）和斯兰格家里见过几件朴素的家具，而现在，在这一整夜的时间里，整个家具卖场都是他的。上千平方米的豪宅，无数的卧室、会客厅、厨房，还有浴室。他在脑子里迅速地计算了一下，发现一夜的时间远远不够他把这些床都睡一遍的。

肚子饿得咕咕响。

我们的魔术师饿极了，开始四处找吃的，最好能有一顿大餐。他一头冲进被各种椅子弄得像个迷宫似的会客厅展区，顺着指示牌走向餐厅。现在他就像一个在沙漠中行走的人，而餐厅就是沙漠中的绿洲。

在一个大得离谱的灰色冰箱里，他找到了一块烟熏三文鱼、一大盒鲜奶油、一点儿芹菜、一点儿西红柿和一些生菜。他把这些一股脑儿地都倒在了一个大盘子里，又给自己倒了杯苏打水，连杯子带盘子都放在了一个塑料托盘上，然后端起盘子往回走。他走进了一间黑白色调的会客厅。客厅的墙上挂着镶嵌着玻璃框的大幅照片，照片上是米色或黄色的纽约建筑。几幅图片连在一起看，现代化大都市的气息扑面而来。他根本不可能再找到一家这么豪华的酒店过夜，更何况这儿的住宿费只有100欧元，还是只印了一面的100欧元。

我们的印度先生把托盘放在了茶几上，脱掉了西装外套，拿掉了领带，在一张绿色沙发上坐了下来。对面，是一台塑料的电视机模型，想看什么节目全凭想象。他做了个开电视的动作，然后一边想象自己正在看宝莱坞最新出炉的大片，一边享用烟熏三文鱼。这种奇怪的闪着银光的橘红色小鱼非常美味，来法国之前，他没吃过这种鱼。而现在，在一天之内，他享用了两次。

由俭入奢易啊！

吃完饭，他站起身，在茶几旁边溜达了一圈，活动活动腿脚。这时，他发现沙发后面的书柜里有一本与众不同的书。

实际上就是一份报纸，应该是哪位顾客落在这儿的。报纸的旁边是一堆塑料做的书籍模型，和阿贾早晨在别的展厅里看到的那些一样。

因为不懂法语，他压根儿没对这份报纸产生多大兴趣。无意中瞥到报纸正面醒目的英文：Herald Tribune，才知道这是一份美国《先驱论坛报》。阿贾不禁想，这真是丰富多彩的夜晚。此时，他还不知道，这个夜晚对于他来说还会更加地丰富多彩。

阿贾做了个关电视的动作，然后开始读报。他坚定地认为不看电视的时候，必须把电视关掉。在他的家乡，每一度电都珍贵无比。他浏览了一下头条。法国总统叫Hollande（荷兰）[1]。天啊，太逗了！荷兰总统不会凑巧叫France（法兰西）吧？这些欧洲人真是太奇怪了。

这个花样滑冰运动员则更不可思议。每年迈克尔·杰克逊逝世纪念日的时候，他都要舞着太空步，从巴黎走到洛杉矶，跨越6 000多公里就为了去林茵纪念公园偶像墓前看看？阿贾的地理学得不是太好，但是他仍然无法想象一个人跳着太空舞穿越大西洋，难道是在飞机上跳？要不就是在船上跳？

神经质地笑了一下，印度朋友从沙发上站了起来，也没穿鞋，穿过客厅展区向卫生间走去。他想嘘嘘了。

但他注定是到达不了目的地了。

楼梯处传来了一阵脚步声，在寂静的卖场中，这脚步声显得格外刺耳。阿贾被吓得够呛，心率直线飙升。他慌乱地看了看四周，迅速地藏进离自己最近的衣柜。这是一款天蓝色的全封闭式双门衣柜，是最新的“美国少年”系列的主打产品。刚藏进衣柜，阿贾就开始祈祷，希望没人发现他放在几米之外沙发上的外套，没人看到茶几上一片狼

1 法语原文为Hollande，中文普遍译为奥朗德。

藉的托盘。当然，希望老天保佑，千万别有人过来打开这个衣柜。如果真的有人这么做了，他就说自己进衣柜里是为了量尺寸，不知不觉忙过点儿了。他从裤兜里拿出宜家免费为顾客提供的铅笔和一把规格一米的纸质尺子，然后就绷紧了身子，站在黑暗中一动不动，一秒一秒地等着有人过来打开柜子。他的心都快跳出来了。脚步声越来越近，就在他的旁边，但是终于，没有人发现他。现在看来，没被发现似乎是件好事儿。

瑞里奥·森帕是南巴黎宜家蒂艾店的负责人，他的装潢总监叫米舒·拉派尔。此时两人正上楼往展厅方向走。他们身后跟着一大群穿着黄 T 恤蓝裤子的宜家工作人员。

为了筹备新系列产品的展出，他们这个时间还在工作。

森帕是个身高两米的大个儿。他曾经四次登顶勃朗峰，每次到达山顶，他都会在山巅上读一读乔赛特·加缪的《不胜寒》，853 页都读完之后才下山。此时，他在“美国少年”系列的卧室展厅站定，这儿指指，那儿指指，然后继续往前走。

米舒·拉派尔紧紧地跟在老板身后，把森帕指定的这些家具的名称一一记在自己粉红色的记事本上。他是个不折不扣的娘娘腔，一直遗憾自己为什么不能生来就是个女子。

同时，技术处的这些工作人员也开始行动了。他们中的大部分人从来没有听说过乔赛特·加缪的《不胜寒》，也从来没有渴望自己改变个性别。他们戴上手套，展开泡泡纸，又把一个个的大木箱子推了过来。泡泡纸和大木箱的组合能在运输中保护家具，避免家具被磕碰。由于时间紧迫，森帕指示工作人员不必拆卸家具，直接装箱（宜家真是太过分了）。这样就避免了拆箱后再组装这种精神和肉体的双重折磨。

就在这些工作人员忙着把这个蓝色的金属衣柜抬起来装箱的时候，衣柜里传出一阵微弱的汩汩的水声，闸门打开了，一股细细的水流缓缓地流了出来，丝毫没有引起大家的注意。如果有人这时打开衣柜，就会发现阿贾处于一个非常尴尬的姿势，在衣柜的一角蜷缩着，在人们把他抬离地面几厘米的时候，他正全心全意地惦记着自己的膀胱。阿贾不禁想，在衣柜里嘘嘘和在飞机上嘘嘘一样，都是那么难受。这之前，他从来没想过自己能得出这样一个结论。

不管他是怎么样的，没人来打开衣柜。

“到地方卸货的时候，把这个裂缝修一下。”森帕迅速地吩咐着，他眼观六路，耳听八方。

然后，他又指了指几米外的一个写字台输送滑板，就像给它判了死刑一样。实际上也差不多就是这个意思。

与此同时，就在瑞里奥·森帕像判死刑一样指着一个写字台输送滑板下命令的时候，晚上 11 点整，古斯塔夫·帕鲁尔德把车停在路边，检查一遍车况，看车窗和车门都关好了，便安心地开始计算今天的收入。

他习惯了每天下班以后都算一算当天的收入，算是对每天辛苦工作的一点儿肯定。以前他是在家里算的。但是有一天，他的妻子梅赛德斯·沙亚娜撞见他在家里（他们也称之为房车 / 旅行挂车）数钱，发现了他的秘密小金库，然后便拿走了一大部分，买了好几个鳄鱼皮纹的牛皮包包。那以后，古斯塔夫就把每天下班后的这项工作改在车里进行了，并且警告自己的同事们，千万不要给家里的女魔头可乘之机，即使她不穿 Prada。

数完钱，这个茨冈老男人看了一眼记事本，发现今天跑的里程数和手里的钱数不吻合。他也不搓手了，心里又惊又恼。他又重新算了好几遍，先是心算，然后又用手机上的计算器算，但结果是一样的。差了 100 欧元。他找出从妻子那儿“借”来的化妆包，在他这儿，化妆包变成了大钱包，用来装现金。找遍了化妆包和钱包，没有什么发现。他更烦躁了，又伸手摸遍了自己的驾驶座位底下和乘客座椅底下，然后又检查了车窗下面的盛物格，甚至连变速杆周围也找遍了，结果令人失望，除了灰尘什么也没发现。

100欧元。古斯塔夫想起了去宜家的那个印度人给的那张绿色的100欧元钞票。那是今天赚得最多的一单生意，自己不可能把那100欧元当零钱找给其他顾客。

“如果没有那张该死的100欧元，那就说明……”

很快，这位茨冈先生就发现自己被骗了。他回想了一下当时的情景。印度人把钱递给他，自己接过来，打开钱包，放进去。印度人摆摆手，示意他看什么东西。他向印度人示意的方向看了看，什么有意思的东西也没看到。那时他还想这个印度人真是神经病。把钱包收好，他又去手套箱拿了张名片给他。

“这个浑蛋！”古斯塔夫的愤怒值接近爆表，“那个似是而非的摆手动作是为了把我的注意力吸引到别处，好把自己的钱拿回去。Cabrón[1]！”

自己被人当傻子一样骗了，成了别人茶余饭后的笑柄，

1 西班牙语，意为坏蛋。

在这位巴黎出租车司机看来，是绝对不能容忍的。他发誓一定要找到这个该死的印度人，好好地给他点儿教训。

他摸了摸挂在后视镜上的茨冈人保护女神萨拉的小雕像，每次车起步的时候，它就会摆来摆去，撞到挂在旁边的圣菲亚克尔的小雕像。

回家的路上，古斯塔夫越想越来气，真是恨不得把那个该死的印度人生吞活剥了。每天，他都会听听吉卜赛国王合唱团的CD，但是现在，他没心思听这个，心里满满的都是怒气。就在他怒火冲天的时候，突然灵光一现——那个印度人在宜家买完东西肯定得走啊，要走就得叫车啊，说不定他就用了自己给他的那张自己公司的名片叫车了呢。如果是这样的话，肯定是自己的哪一位同事载着他离开的。自己只需要问问这位同事他在哪儿下的车，到那儿一定能找到他，然后再给他来个终身难忘的教训。说干就干，古斯塔夫一秒钟都不耽误，马上拿起了无线电话筒。

“全体注意（《警界双雄》里的经典台词），今天有没有哪位拉过一个印度人？他穿了一身皱巴巴的灰色西装，红色的领带别在衬衣上，头上围着白色的头巾，身材高大，满脸胡子，肤色晦暗，满脸坑坑包包，载客的起始地点应该是宜家南巴黎蒂艾卖场。这个人的代码是V(Voleur[1] 的V),我重复一遍，代码是 V (Vermine[2] 的 V)，大家听清楚了吗?代码是 V ！”

“居然一点儿都没有怀疑这个印度阿三，还把他从戴高乐机场拉到了宜家蒂艾店，我真是脑子短路了，这种情况以后绝对不会再有了。”古斯塔夫不断地对自己说，“这种情况应该和哈雷彗星一样罕见（哈雷彗星的下一次回归预计在 2061 年 7 月 28 日）。”回家吃晚饭的时候绝对不能把今天的经历说给自己的妻子听，万一被女儿听到肯定会觉得自己是个笨蛋，虽然在她心里，自己可能一直就是个笨蛋。

几分钟过去了，下午上班的同事没人回复说自己载了这位神秘的印度乘客。也许他从另一家出租车公司叫了车，也许他雇了一辆小卡车拉东西，也有可能他一直待在工业区就没回来，古斯塔夫推断着。如果他叫了别的车，今天我肯定是什么也做不了了，只能等明天了。但是如果他还在那边的话，我可以过去看看周边有没有什么酒店。现在

1 法语，意为小偷。

2 法语，意为蟊贼、坏蛋。

离那边又不远，估计有15分钟肯定到了。

想到这儿，他立刻掉头，因为转得太急，轮胎有点儿侧滑，发出一阵刺耳的声音。后视镜上挂着的萨拉小雕像和旁边的圣菲亚克尔小雕像来了次亲密接触。

古斯塔夫来到宜家蒂艾店门口的时候，一辆宜家运货卡车正往外开。他靠边停车，让卡车通过。此时的他无论如何也不会想到这辆卡车里有一个巨大的木箱子，就像俄罗斯套娃似的，木箱子里有一个稍小一点儿的纸板箱，纸板箱里装着一个金属衣柜，而衣柜里，关着他要找的那个印度人。

他重新发动汽车，在宜家卖场周围转了一圈，没有发现什么可疑人员。这座大型的商业中心已经关门了，星巴克还在营业，但是没有一位顾客，里面的情形一目了然。显然，这里并没有宜家酒店。那个又瘦又高，满脸坑坑包包，穿西服打领带还戴头巾的印度人更是不见踪影。这个印度人就是个浑蛋，连老实巴交的茨冈出租车司机都骗。

这条大街的另一头，还有几座建筑，印度人不可能认识那儿的住户，所以这个贼应该不会藏在那儿。

“尽管如此，”作为各种稀奇古怪，包罗万象的综艺节目的忠实粉丝，古斯塔夫的思维非常具有发散性，“遇上这种人，一切皆有可能。他那么油嘴滑舌，又诡计多端，说不定他现在已经成功地哄骗住了哪户人家收留他在家里过夜。”

他开着自己的奔驰朝那片漂亮的房子驶去，花了五分钟在这片迷宫似的街道转了一圈，又转回到来的时候走过的那条主路上。

他必须尽快处理这件事儿，因为明天他们全家就要去西班牙度假了。他觉得现在只有一个办法了：寻求专业人士的帮助。

国家警署的新规定上说，每一位法国公民都有权利在任何一个警察分局控告各种违法犯罪行为，哪怕是最微不足道的违法行为。而警察则有义务接受控告，哪怕他觉得这事儿无关紧要，也得好好受理，认真对待，不能让控告者再去其他警局投诉，这项新规定已经实施一段时间了。几个月来，新规定在愤怒的受害者中掀起了一股不良风潮。警察局门口排队的人越来越多，队伍前进的速度比邮局门口和街角肉店门口的队伍前进的速度还慢。警察们也怒了，他们是人，不是八脚章鱼，只有两只手，没能力同时办这么多的案子。

夜晚到来的时候，这种无力感更加强烈了。因为接受公众投诉的警局数量急剧减少，速度之快堪比一个小冰块在金·贝辛格[1]怀里融化。把整个巴黎所有的受害者都集中在一个地方，这种事儿估计也是这项大名鼎鼎的新规定不想看到的。

古斯塔夫决定去寻求警察的帮助。从做了这个决定到成功报案，古斯塔夫花了三个多小时。

为了保持附近的警局和路那边的茨冈人团体建立起来的良好警民关系，接到古斯塔夫报案的这位警官派了一位值夜的警员和一名同事陪同古斯塔夫去宜家，去调看白天的监控录像，希望能找到线索。他们一定会找到他，这个该死的印度人居然在他们辖区制造这种不和谐音符，他必须把那 100 欧元一分不差地还回来。

夜深了，古斯塔夫·帕鲁尔德、亚历山大·拉菲弗警官和警卫斯蒂法尼·德玛尔布尔却在宜家狭小的警卫室查看监控录像。看着那个刚刚从印度来的印度人盯着大厅的自动门看了二十几分钟，然后进了卖场。

“要是他每进一个门都这样看看，那我们得看到明天了。”负责卖场视频监控的保安说道。

1　Kim Basinger，美国名模，影星。

“就这一个门。”卖场经理瑞里奥·森帕先生一边擦着自己与哈利·波特同款的圆框眼镜，一边纠正说。

“我们可以快进着看。”拉菲弗补充道。提出了这个建议，这位警官心里松了口气，觉得应该没人会把自己当个蠢货看，她最受不了的就是别人把她当傻子，都是名字惹的祸[1]。

“快进着看就怕和看班尼·希尔[2]的喜剧似的。”古斯塔夫说道。他的参考案例全部来自于电视。

“大家都先别说了，请支持我们的工作。”德玛尔布尔冷冷地打断了大家的讨论，他总是沉不住气，和他的名字[3]正相反。

视频里的印度人听不到他们的讨论，正悠闲地逛着卖场。他的身影在一个镜头里消失之后，马上又会在另一个镜头里出现。有时候还是多个摄像头多角度拍摄。镜头里印度人在点餐队尾被一个金发碧眼的美女撞了一下，他的太阳镜被打碎了，两人说了几句话，之后居然共进午餐。

1 拉菲弗的法语原文为 Lafève 与 La fève（蚕豆，引申意为白痴）同音。

2 英国著名喜剧演员。

3 德玛尔布尔，法语原文为 Demarbre，音同 de marbre（大理石做的）。

“她肯定不会有什么好果子吃。”古斯塔夫说着自己的观察结论。他以前看过的一集《Secret Story》里有类似的桥段。

把印度人吃饭这段快进过去，再往后看，发现他又开始在卖场里闲逛。真像是在看一集班尼·希尔的小喜剧。放到正常速度，印度人在众目睽睽之下钻到了床底下，查看监控的几个人大跌眼镜。

“是张伯克兰床。真会选，这是我们卖得最好的一款床。”瑞里奥·森帕说完，便发现四双眼睛直直地看向他。

监控屏幕上，印度人从自己的藏身之处爬出来，在厨房拿了一盘子吃的，然后在一间会客室展厅坐了下来，一边看着无聊到极点的塑料电视模型，一边享用自己的夜宵。吃完，他又脱了鞋，躺在沙发上看了一份报纸。自在得和在自己家没什么区别。

“找到他了。”保安敲着监控屏幕激动地说。

说完，他一下子从自己的座位上弹了起来，打开门，冲了出去，像被蜜蜂蜇了似的。

剩下的人继续看监控视频。在 22 点 15 分的时候，卖场经理出现在了屏幕上，后面跟着一个娘娘腔的小胖子和一群工作人员。瑞里奥·森帕看着监控屏幕上的自己，觉得自己真是太上镜了，没走演艺路线实在是太可惜了。

“哈利·波特这个角色已经有人演了。”他推推眼镜，自言自语地说道。

监控屏幕上，那个印度人被吓了一跳，藏进了一个蓝色的金属衣柜里。然后一大群宜家工作人员过来了，用塑料泡泡纸把这个大衣柜包好，装进了一个大纸箱里，最后又把这个大纸箱装进了一个大木头箱子里。一切弄好之后，又用绳子把它捆好，放到一个巨大的电动运货车上，送到了电梯门前。

这时，那个爱看美国警匪片的保安回到了警卫室。他在那个印度人停留的那间黑白色调的会客厅找到了他留在茶几上的托盘，然后把他落下的东西都收在托盘里，端了回来——一件灰色的西服外套、一条红色的领带和一双黑色的鞋子。

“盘子上和杯子上肯定有他的痕迹，这些衣服上也肯定有他的毛发。”保安对自己的聪明着实感到骄傲。

看到这双脏得不行的鞋子，警官露出了恶心的表情。没理保安，她朝卖场经理走了过去。

“你们搬这衣柜要干什么？”

“监控里的这个衣柜吗？”森帕的神色一下子变了，说话变得吞吞吐吐。

“对，就是我们刚才在这段监控里看到的这个衣柜。”

“邮……”

“邮？”

“对，寄出、运走。”

“我当然知道‘邮’是什么意思，问题是你们要把它邮去哪儿？”拉菲弗打断了森帕的话，她觉得已经开始有人把她当傻子看了。

森帕紧紧地抿着上嘴唇，如果他是哈利·波特的话，这个时候就能拿个魔法棒一点，然后赶紧让自己消失了。

“邮寄去英国了。”

一瞬间，大家都安静了，空气里只剩下吃惊得咽口水的声音。

各咽各的口水。

Gipsy Kings
TAXI
GITANS
XYV15

英国篇

阿贾被一阵声响惊醒了。

是一群男人粗声粗气的声音。

阿贾甚至没有意识到自己处于半睡半醒、迷迷糊糊的梦游状态。从他进入衣柜开始，衣柜就被横着、竖着、正着、倒着以各种的方式搬运。他能感觉到自己被抬离地面，被运走，被搬到各种各样的地方，被撞到墙上、电梯上，甚至撞到各种未知障碍物的次数简直是数不胜数。

有好几次，他都打算从衣柜里出来，把事情说清楚。这样也许比听着外面嘈杂的声音，被运到一个未知的地点要好得多。另外，无边的黑暗和柜门外令人费解的法语更让这位印度来客觉得透不过气来。

尽管如此，他的状态总体还算不错。

几分钟后，情况急转直下。周围一片安静，他什么也感觉不到了。他觉得自己已经死了。但是手背上传来的刺痛提醒他——他还活着，至少现在还没死。真是命苦啊，难道自己就要葬送在这无边的黑暗和寂静中了吗？他想从衣柜里出来，但是没成功。他已经筋疲力尽了，意识越来越模糊，浓浓的睡意侵袭而来。

目前为止，这些粗嗓门还在不停地说话。印度朋友分辨出了五种不同的嗓音。其实不容易分辨，这几个粗声粗气的声音口音相同，像是来自同一个地方，而且声音都很低沉，就像是从地府传出来的。但有一点是可以确定的，这些声音不是他在宜家卖场里听到的那些声音。他们说话很快，而且说的语言中充满了象声词，音节十分单一，听起来有些粗鲁，阿贾不知道他们说的是什么语言。他觉得应该是一种阿拉伯语，但说话的应该是一群黑人。

一个男人突然放声大笑。可能是因为刚刚说到一个荤段子，比如一对热情的情侣在床上滚床单把床垫的弹簧弄得“吱吱”作响之类的段子。

不知道外面这些人是敌是友，阿贾屏住呼吸，不作声。

如果是朋友的话，这些人打开衣柜发现他应该不会有什么不满；如果是敌人的话，比如宜家工作人员、警察、以后有可能买这个衣柜的女士，或者是这位女士的丈夫，如果是这类人的话，他们绝对不会乐于在打开这个全新衣柜的时候看到一个没穿鞋的印度人的。

他咽了咽口水，心里七上八下的，然后润了润嘴唇。他的嘴唇都黏在一起了，像是有人用胶水把嘴粘住了一样。他感到一种强烈的恐慌，想到了另一种可能，这种可能远比活着面对刚才想到的那些敌人更可怕，那就是人们打开衣柜发现他的时候他已经死了。

在他们村或者周边那样的落后地区给观众表演节目的时候，阿贾盘着腿坐在一棵印度榕树的树枝上，就像 2 500 多年前佛教创始人乔达摩·悉达多做的那样，然后几个星期不吃东西。他只允许自己在中午的时候奢侈一下，吃一顿饭，吃也只是吃点儿生了锈的螺丝、螺钉等，这些还都是好心的村民给他的。2005 年 5 月，一位名叫拉·巴杜尔·本杰姆的 15 岁少年在他的崇拜者的见证下，6 个月滴水未进，于是本来属于阿贾的信众的注意力被吸引了过去，全世界的电视媒体都聚焦在这个骗子身上，而我们的魔术师则坐在他那棵小树枝上无人问津。

事实上，像他这种吃货一天不吃东西都受不了。每天晚上，太阳下山后，榕树前面挂的那块儿帐篷布都会被放下来，然后他便拿着表弟里巴斯马蒂[1]（法语谐音意为：印度香米）送来的食物大快朵颐。这位表弟在他的表演中占据着绝对重要的角色，一般像这种需要作弊的事儿都少不了他。而他吃的那些钉子，其实是木炭做的，虽然不怎么好吃，但怎么也比实实在在的铁钉好受。

但是阿贾实在没有被关在衣柜里不吃不喝的经历，之前就算是表演被关在衣柜里这种桥段，衣柜的夹层里也会藏着不少好吃的。要是他一直被这么关着，说不定他就真能做到不吃不喝了。好吧，不管怎么说，他也叫阿贾[2]（法语谐音意为：空腹）啊。一位吉沙尼亚古尔的医生告诉他，不管你是不是魔术师，只要是人，50 天不吃东西就会死，不喝水则死得更快，72 小时就玩完了。72 小时啊，说白了就 3 天。

当然，现在距离阿贾在宜家吃的那顿夜宵刚刚过去 5 个小时，但是印度朋友显然并不知道这一点。衣柜里一片漆黑，

1　法语原文 Rhibbasmati，谐音 Riz basmati。

2　法语谐音 A jeun 。

他没有了时间概念。而这会儿他正觉得口渴，作为一个魔术师也许不应该太多疑，怎奈疑神疑鬼是他的天性，这种天性这会儿被激发了。他觉得自己被关在衣柜里得有 72 小时没有喝水了，超过了人体所能承受的极限，这会儿自己的生命之火就像是快要烧完的蜡烛，时刻都有熄灭的可能。

如果医生说的话是真的，印度朋友觉得自己必须马上喝水了。不管衣柜门外是敌是友，阿贾再一次推了推衣柜的门儿，想出来。这是个生死攸关的严肃问题。但是他的努力又一次失败了。手臂毫无力气，不能像他的宝莱坞偶像们在电影里那样，轻而易举就能打破衣柜的门，当然，也许他们面对的衣柜不是宜家出品的。

也许是他弄出了什么动静，外面突然安静了下来。

阿贾再次屏住呼吸，虽然周围还是一片漆黑，他仍然睁大了眼睛，充满戒备地看着四周。但是这次不是在演戏，假装在一个玻璃水缸里，上面盖个厚厚的盖子，等大幕一落下来，就可以立马浮出水面呼吸。他仅仅屏住了呼吸几秒钟，然后便大口大口地吸气，声音大得像是马在打响鼻儿一样。

他听到衣柜外面发出几声吃惊的尖叫声，然后他们开始有了动作：一个罐头盒掉在了金属板上，人们乱作一团。

“别走！”阿贾用英语说道，这句话他尽了自己的全力把口音拿捏到最好（希望衣柜外的人能听明白）。

一阵短暂的沉默后，有人用英语问他是谁。音调清晰，阿贾听得很清楚。他觉得对方应该是个黑人。但是在衣柜中一片漆黑，什么也看不到，衣柜外是个什么情况现在也不好说。

印度朋友觉得自己应该机警点儿。大多数非洲人都是泛灵论信仰者，他们觉得一切事物都是有生命的，就像《爱丽丝梦游仙境》中的仙境一样。如果不和他们实话实说，他们一定会觉得是衣柜在说话，然后撒腿就跑，逃离这个该死的鬼地方。这样一来他唯一活着出去的机会就没了。他努力安慰自己说这些人不是那种泛灵论者，只是穆斯林而已，况且现在是在卡车上，就是他们想马上离开，也跑不了多远。

“好吧，既然你们问了，我就自我介绍一下吧。我叫阿贾达沙特胡·拉瓦什。”印度朋友努力地装着牛津腔，他觉得这样说话也可以增加自己说话内容的可信度，毕竟一个衣柜是不可能有这么地道的口音的，“我来自印度的拉贾斯坦邦。说出来可能令人难以置信，我在法国，不，瑞典的一个家具卖场里量家具尺寸的时候被困在了这个衣柜里，没有食物也没有水。能告诉我现在在什么地方吗？谢谢！”

“我们现在在一辆运货的卡车上。”一个声音回答说。

“一辆货运卡车上？天啊！我们在行驶吗？”

“是的。”另一个声音说道。

“真奇怪，一点儿也感觉不到。但既然你们说在行驶，我没有别的选择，只能相信你们。如果方便的话能不能透露一下我们的目的地是哪儿？”

“英国。”

“希望是最终目的地。”又有一个声音插了进来。

“你希望？不确定方向你在一辆货运卡车里干什么呢？”

外面的几个声音用自己的家乡话讨论了一会儿。几秒钟后，一个更粗犷，更有力的声音响了起来，回答了阿贾的疑问。这口气一听就知道是这几个人中说了算的。

这个男人说自己叫维拉热[1]（法语谐音意为：拐弯），他们一共有六个人，都是苏丹人。其他五个人分别是库格力、巴塞尔、穆罕默德、尼杰姆和昂萨鲁（这些名字您想怎么念就怎么念）。本来还应该有哈桑的，但是他被意大利警察逮捕了，所以现在缺席。他们七个人离开自己的祖国，

1 原文为 Wiraj，法语谐音 Virage。

更确切地说是离开南苏丹的Djouba[1]市已经一年了。他们从非洲到欧洲，经历了一段可以媲美儒勒·凡尔纳大作的航海历程。

从南苏丹的Selima市，他们七个越过了苏丹国境线先到了利比亚，后又到了埃及。在埃及，那些帮他们越境的埃及人把他们带到了利比亚，先是到东南部城市Al-Koufrah，然后又到了利比亚北部城市班加西。然后他们又被送到了的黎波里，他们在那儿工作了8个月。一天晚上，他们被安排上了一艘偷渡船，船上还有其他60个人，目的地是意大利的一个叫兰佩杜萨的小岛。很不幸，他们被海关的人逮捕了，被带到意大利的卡尔塔尼塞塔岛上。一些不法分子帮助他们逃了出来，代价是他们的家人得交给这些人1 000欧元。1 000欧元，对他们来说简直是个天文数字。他们把自己身上的钱凑了凑，交了。只除了哈桑，也许他永远都出不来了。他们重新获得了自由，又被送上了火车，从意大利到了西班牙。到了巴塞罗那之后，他们觉得这个城市是在法国的北部，在那儿待了几天之后，他们修正了

1　为了便于读者理解，有中文普遍译法的外国城市名字译者用中文表述，没有中文普遍译法的外国城市名字译者不做音译，保留原文中的表述。

自己的错误，又坐火车前往法国，准确地说是前往巴黎。简单说来，就是这些偷渡者花了将近一年的时间才走完了一位合法旅行者 11 小时的飞机就能搞定的路程。一边是迷茫又艰辛无比的整整一年，一边是坐在飞机上舒舒服服的 11 小时。

维拉热和他的同伴们在巴黎待了三天，然后又坐火车前往加莱，准备从加莱再去英国。他们在加莱停留了十天，这十天里，红十字会的志愿者们帮了他们大忙，给他们提供了食物和住所。红十字会的这种举动也帮助了当地的警察，让警察知道了这一地区大致的非法移民数量。比如说红十字会提供了 250 套餐具，那就说明这儿至少有 250 名偷渡者。

在警察眼里，他们是偷渡者，但是在红十字会那儿，他们只是一些不幸的、需要救助的人。他们心里担惊受怕，还得面对这种冰火两重天的境遇，生活真是严重失衡。

那天凌晨，大概两点钟的时候，他们爬上了一辆驶向芒什海峡海底通道方向的卡车。

“你是说你们爬上了一辆正在行驶的卡车？”阿贾吃惊极了，忍不住开口问道。好像这是整个故事中唯一重要的一点。

“是的。”维拉热回答说，“帮我们偷渡的蛇头用一根铁棍撬开了车厢门，然后我们就跳了进去。司机甚至一点儿也没有察觉。”

“这样做太危险了。”

“留在苏丹才危险。我们一无所有，没有什么可失去的了。我猜你的情况也跟我们差不多吧。”

“你们错了，我不是偷渡者，我一点儿也不想去英国。”印度人解释说，“我跟你们说，我是个体面的魔术师，在这儿是因为我在一家大型家具卖场里量家具尺寸的时候被困在了这个衣柜里。我去法国是为了买一张新的钉钉床……”

“别瞎说了，”这个非洲人一点儿也不相信阿贾的这些鬼话，不耐烦地打断了他，“我们是一条船上的人。”

“一辆卡车上的人……”另一个声音小声地说。

这番令人受益匪浅的对话把在衣柜门板两边看起来毫不相干的两个人的命运紧紧地连在了一起。或许对于这个偷渡者来说，对着衣柜门板述说自己这些不为人知的苦难经历比对着人说要容易得多，因为对面的人可能会皱眉头，会吃惊地睁大眼睛，会根据自己的立场判断他、评价他，这正是他最不需要的。现在，自己坐的地方就是一个临时的告解座，就在这辆狂奔的卡车上，虽然有些颠簸，但对自己来说却是最好的告解之所。

他不计后果，把从决定要踏上这条未知又艰辛的路程之后就压在心底的一切都讲给阿贾达沙特胡听。陌生人通常是告解的最好选择。

阿贾明白了维拉热离开自己的祖国不是简单地想要去一家有名的家具店买张床而已。这个苏丹人离开了自己的家人，是为了到他们所谓的“美好国度”碰一碰运气，拿自己的命运赌一把。因为他不幸地出生在了地中海的另一端，在那里，苦难和饥饿就像是一对孪生兄弟，到处肆虐，摧毁一切。

苏丹混乱的治安环境使国内的经济一片萧条，所以有很多人，尤其是年轻力壮的，都踏上了那条艰辛的移民之路。但是，踏上这条路之后，哪怕是他们当中最强壮的人都会变得虚弱不堪，变得不堪一击，变得死气沉沉。远离故土，没有亲人，如果偷渡失败的话，他们一下子就会变成一个个受到了惊吓的孩子，没有任何东西能抚慰他们内心的伤痛。

说完这些，维拉热的心剧烈地跳着，他用力地捶着自己的胸脯，像是在宣泄着什么。他很用力，声音很大，阿贾在衣柜里都能听到回声。卡车每次停车，每次减速，维拉热都会紧张得心跳加速。他蜷缩着身子躲在一个纸箱后面，坐在十几个装满蔬菜的箱子中间，屁股底下都是土，他害怕被警察发现，害怕被以这样的形象发现，这样太丢人了。偷渡者也是有自尊心的。没有财产，没有护照，没有身份，尊严也许是他们仅存的东西了。正是因为尊严，他们才抛下妻子和孩子独自上路。这样他们才能不流露出一点儿软弱，一直坚强下去。

不是怕挨打，真的不怕，因为在地中海的这一端，不会有如此暴力的惩罚。他们害怕的是被遣送回自己的国家，更害怕被送到一个自己听都没听过的地方。因为那些白人根本不在意把他们扔到哪儿，对他们来说只要别在自己的地盘上就行。在他们看来，一个黑人，很快就会制造出混乱。这种遣送要比棍棒可怕得多。一顿棍棒下来，受苦的只是身体，而遣送则会摧毁他们的灵魂。这是他们心底最深处的一块伤疤，这块伤疤永远也不会愈合。带着这块伤疤，他们学会生活，学会重生，学会在困境中坚持下来。

因为他们的意志坚不可摧。

为了有一天能来到所谓的“美好国度”，任何方法都值得一试。哪怕整个欧洲都不欢迎他们。维拉热、库格力、巴塞尔、穆罕默德、尼杰姆、昂萨鲁，他们六个只是偷渡大军中的一部分。一直是同样的人，同样狂跳的心，他们渴望来到这些“美好国度”。这里什么都有，房子、汽车、蔬菜、肉、水，应有尽有。但是这里的人，有些把他们看成处在困境中需要帮助的人，有些则把他们看成罪犯。一边是那些慈善组织，一边是警察；一边无条件地接纳他们，另一边却在毫无预警的情况下就能把他们遣送回国。世界上什么滋味都有。维拉热再次强调在这种两面性中生存真是太难了，而且心里无时无刻不在恐惧，害怕自己不知道什么时候就被发现了，然后被遣送回国。

但是这个险值得一冒。

为了到达这个国家，他们抛下了一切。他们认为在这儿，他们可以工作，可以挣钱，哪怕要他们用手去捡大粪他们也不会有丝毫的犹豫。他们要求得不多，仅此而已，只要这儿的人们能够接纳他们。能够允许他们找一份实实在在的工作，踏踏实实地工作，然后把挣的钱给家里寄回去。这样，他们的孩子就不会挨饿，不会四肢瘦得皮包骨，肚子大得像篮球，里面却空空如也；这样，他们的孩子就可以在阳光下成长，不会有那些刚离开牛屁股的烦人的苍蝇“嗡嗡”

地往你脸上飞。但是，很遗憾，就像查尔·阿兹纳弗[1]唱的那样，“苦难不会因为阳光而减少一分[2]。”

为什么有人出生在这里，有人出生在其他地方？为什么有人什么都有，有人却一无所有？为什么有人能好好地生活，而有些人却只能沉默，只能死亡？

“我们说得太远了。”那个空洞的声音又响了起来，“我们的家人相信我们，他们省吃俭用凑钱让我们出来，现在，他们在家里等着我们的帮助。阿贾，藏在一个衣柜里偷渡过境没什么可耻的。我想你能理解，真的，一位父亲，如果连一块面包都不能给自己的孩子，这种无助感，真的让人绝望。这就是我们，我们六个，现在在这辆卡车上的原因。”

大家都不说话了。

从这次买床的旅程开始，这是第二次，阿贾的心灵受到了巨大的震撼。他什么也没说。因为他实在没什么可说的。看看人家，再想想自己去法国的目的，心里真是惭愧。此时此刻，他真的感谢佛祖，感谢佛祖让他和维拉热之间还有一块门板，感谢佛祖，他不用直面维拉热的目光。

1 法国著名歌手。

2 查尔·阿兹纳弗所唱的一句歌词。

“我能理解。”阿贾还没从震撼中缓过神来，勉强结结巴巴地说了一句。

“现在该你了，阿贾。但是在听你的故事之前，我们得先把你弄出来，你先吃点儿东西喝点儿水。听你的声音闷闷的，这箱子应该挺厚的。”

“不是因为箱子厚……”阿贾一边抽泣，一边嘟哝。

我们的魔术师并没有涕泪横流，号哭不止那么夸张，但是此时虚弱的肩膀还是像铅压似的，沉重得不行。好像他不是待在衣柜里面，而是在衣柜下面，感到压抑，感到沉重。他被维拉热说的这些话震撼了，被这艰辛又不公平的命运压得喘不过气来。从关着自己的这个铁箱子里出来的时候，阿贾意识到，自己不是最命苦的，这个世界上还有比自己更悲催的人。

对他来说，生命不是像长长的恒河那样平静无波[1]。按西方的说法，他的童年并不幸福。他很小的时候母亲就去世了，随后父亲也遗弃了他。漂亮的脸蛋，稚嫩的身体使

1　法国电影《La Vie est un longue fleuve tranquille（生活是一条静静的河流）》中的台词。

他遭受了无数次的性侵犯，无数次的殴打。虽然他们那儿有全世界几乎最严酷的法律，但也没能让他少受一丝的伤害。他似乎没有经历过童年就直接成了少年，生活对他来说既艰辛又丑陋。但无论怎样，他总算有一个栖身之所，有那些爱他的人——表兄弟们，还有那个把他当自己亲生儿子教养的邻居大妈。他的那些信徒们也算对他不错。事实上，这些人对他也许敬大于爱。因为这一切，他从来没有想过要背井离乡。有时候他也会挨饿，饿得不行的时候，他就去偷，在他们那儿偷东西是要被砍手的，但是每次被抓到的时候他都能成功地挽救自己的双手，只把胡子剃了了事。不管怎么说，魔术师的生活本身就充满苦难，不是吗？既然这样，他又有什么可抱怨的呢？

当木箱子被一根铁棍打成碎片的时候，阿贾正在想象夜幕降临之后，这几个非洲人像猫一样埋伏在路边，看到去往芒什海峡的卡车就往上跳。维拉热说，当时月黑风高，他们趁着卡车司机们在高速公路上停车休息的时候偷偷地溜了上去，因为还下着雨，雨声掩盖了一切，司机师傅们一点儿也没有察觉。他想象他们藏在包装箱后面，忍受着饥饿、寒冷，气息微弱。但是再艰辛、再困难的旅程都有结束的时候，他们马上就要到达他们心中的港湾了，虽然伦敦是个内陆城市，机场才是主要的出入境通道，但是现在，他们马上就能踏上英国的土地了，马上就能到达他们所谓的“美好国度”了。他们终于可以找一份工作，然后把自己赚的钱寄回家里。阿贾很高兴，因为在这些苏丹人历经种种磨难终于要到达终点的时候，自己能陪在他们身边，能亲眼见证他们的勇气和毅力，见证他们来之不易的成功。

“维拉热，你明白这个道理，当你得不到自己应得的东西的时候，就应该自己想办法去争取。这也一直是我的座右铭。”阿贾补充道。当然，他没说自己争取的办法是去偷。

印度朋友明白了，眼前这些苏丹人是实打实的21世纪的冒险家。他们不是开着价值数十万欧元的海船的白人航海家，自己一个人就扬帆远航，环游世界，虽然全世界没有人在意他们，但是他们的广告赞助商却时刻关注着他们。这几个苏丹人的旅程可不是什么发现之旅，跋山涉水，背井离乡，他们只是求生存罢了。

夜色中，阿贾笑了。他也渴望在自己的生命中至少有一次为他人做点儿什么，而不仅仅是为自己。

穆罕默德是这几个苏丹人中最矮的。他从地上把帮他们越境的那位同志用来撬开卡车车门的铁棍子捡了起来。当时可能是太匆忙了，这位新时代的雷锋同志下车的时候忘了把自己的铁棍拿上。

尼杰姆和巴塞尔是几个人中最结实的，他们拿着棍子使劲儿地试图把关着阿贾的大木箱子撬开。虽然这个印度人是个偷渡者，但他们有什么可介意的呢。15分钟后，他们成功地把木箱子撬开了，就着手里的灯光，他们又打开一个纸箱子，纸箱子里装着一个蓝色的金属衣柜，像极了机场行李寄存或者是足球俱乐部衣物寄存的柜子。

“包得这么严实，你在里面还能呼吸，真牛！”维拉热边说，边用手扯掉包着衣柜的泡泡纸。

衣柜的门终于被打开了，阿贾也终于从衣柜里出来了，带着一股浓重的尿味闪亮登场。

“你们和我想象中的一模一样。”印度朋友一看到他的旅伴们就兴奋地说。

“但是你和我们想的不太一样。”维拉热坦率地说。他心目中来自印度拉贾斯坦邦的人应该是身上穿着纱丽，腰上别着匕首，手上再牵头大象这种形象。

维拉热仔细端详着眼前的这位印度魔术师，他是一个身材高大的男人，有些偏瘦，脸上坑坑包包的，青春痘留下了不少痕迹。头上包着一块脏兮兮的头巾，衬衣皱皱巴巴的，下身是一条灰色的丝质西裤，脚上穿着一双白色的运动短袜。如果把这身行头都洗干净，他看起来还真像个有身份的人。总之，和维拉热想象中来自拉贾斯坦邦的偷渡者完全不同。不过话又说回来，他也不知道一个来自印度拉贾斯坦邦的偷渡者到底应该是个什么形象。

虽然和自己想的有点儿出入，但是维拉热还是给了这个印度魔术师一个热情的拥抱。然后又递给他一瓶只剩半瓶水的大包装依云矿泉水和几块巧克力法棍面包。这些都是在加莱的折扣超市买的。

阿贾满脑子都是自己脱水了，马上就要死了，恐慌得不行，抢过矿泉水瓶，一口气喝干，把对面的非洲兄弟们都看呆了。

“你肯定被关在里面很久了。”库格力摇着头说道。

“我也不知道被关了多久。今天星期几？”

“星期二。”维拉热回答说，这些人当中只有他知道日期。

“几点了？”

“凌晨 2 点 30 分。”这次是巴塞尔回答的，因为他是唯一有表的人。

“要是这样的话，我好像也没被关多久。”阿贾达沙特胡把空水瓶子又递给了维拉热。

维拉热又掰了块面包塞到他手里。没人知道……

“好了，”维拉热说，“现在你已经出来了，也吃饱喝足了。离卡车开到伦敦大概还有两个小时，你可以跟我们讲讲你的经历了，从头说。也许你走上这条路的原因和我们差不多，但是我还是想听你说说。”

他的声音中充满同情，冥冥中似乎有一条线把他们牵在一起，两人之间的友谊就这么产生了，而且历久弥新，坚不可摧。印度朋友紧紧地抿着嘴唇，心里充满无奈。他能和这位新朋友讲些什么呢？长年以来，他一直在欺骗、愚弄他的信众们，甚至这次，也是骗他们凑钱来支付自己这趟旅途的花销。难道他能告诉他们自己来之前做的最后一件事就是假装自己有风湿病，好让他的那些信众出钱，供自己来法国买张钉钉床，等运回去后再高价卖了，好赚一笔吗？他怎么能对一个无时无刻不在经受苦难，却又挣扎着在这未知又充满艰辛的征程上拼搏的人说出这番话。

阿贾突然发现自己居然在祈祷——佛祖啊，请帮帮我吧！维拉热静静地等着这个印度朋友开口，而我们的魔术师则正在通过脑电波积极地和佛祖沟通。就在这时，卡车突然来了个急刹车，然后车门被打开了。

阿贾来到英格兰看到的第一样东西是皑皑的白雪，衬着夜色格外显眼。这个场景看起来有些不太真实，尤其是在一个夏天的夜晚。真是名不虚传啊，英国就是冷。北极的冰山离这儿没有几纬度了。

阿贾慢慢地靠近车门，发觉北极这片儿夏天的气温还是可以的，刚才他看到的雪花状的东西原来是被风吹起来的泡泡纸反射出来的光。

他抬起手搭在眼前，做遮阳棚状。外面的星光真亮啊，仔细一看，发现不对，是车灯，车灯正照着他。

转过身，他意识到现在自己是一个人，那些苏丹兄弟对光比他敏感得多，都迅速地藏到了卡车上的木箱后面，瞬间消失了，只剩他暴露在外。

“慢点儿，走出来！”一个威严的声音响了起来。正宗的英国腔，英语说得比他和那些非洲兄弟强多了，“双手抱头！”

没什么可抱怨的，阿贾什么也没说，顺从地从车厢里跳了出来。脚刚刚着地，他便发现自己面前站着一个人，和他一样，在头上包了一块巨大的白色头巾。他的第一反应是有人在他面前放了一面镜子，他又不是什么大人物，不需要搞得这么隆重吧。仔细看，发现自己错了。对面的这个男人没留胡子，下巴干净整洁，不像自己，两撇大胡子，没留胡子的地方也三天没刮了，全是胡楂。再有，对面的男人穿着一件黑色的防弹背心，上面印着四个白色的大字：UKBA。我们的魔术师没在意这四个字是什么意思，但是男人腰带上的配枪很能说明问题。阿贾在心里盘算着，这会儿把自己冲进衣柜之后绞尽脑汁想出来的应对别人盘问的那一套说辞说出来是再合适不过了。他在兜里摸索了一番，掏出一支印有宜家标志的铅笔和一个同样带有宜家标志的纸质米尺，这些可以佐证他的说辞。一切准备就绪，他开始用旁遮普语[1]跟对面的男人解释。

“行了行了，知道了。”印度面孔的边警同样用旁遮普语说道。显然已经习惯了每天从宜家衣柜里找出几个拿着宜家铅笔和米尺的偷渡者。

边警把阿贾推到一边，隔着衣服，仔仔细细地把他搜查了一遍，然后又把他铐上。与此同时，另外四名边警则蹑手蹑脚地摸上了车厢。

不一会儿，这四名边警就押着阿贾的六个苏丹兄弟从车

1 Panjabi，属于印欧语系印度语族，主要流通于印度的旁遮普邦和巴基斯坦的旁遮普省。

上下来了，六个人的手都被警察用赛尔夫[1]塑料卡箍绑住了。这种塑料卡箍一般都是园丁用来绑树的，好让树木长得更直。

“你和这些非洲人混一起干什么呢？”印度脸边警用旁遮普语大声问。

魔术师不知道该怎么回答。心里害怕极了，他只能眼睁睁地看着他的苏丹兄弟们上了一辆标着 UKBA 的箱车，UKBA，United Kingdom Border Agency（英格兰边境警察），随后，他也被野蛮地推进了车里。他终于体会到了他的苏丹朋友所说的，每当停车或者是车速放慢的时候，就会心跳加速。这个“美好国度”刚刚用自己的方式欢迎了他们的到来。维拉热说得对，我们永远不会知道自己会栽在什么上，不过这次，貌似没有红十字会什么事儿。

牢房里人满为患。阿贾从一个穿运动服、凉鞋的阿尔巴尼亚人那里得知他们现在在英国肯特郡东部的港口城市福克斯通，距离芒什海峡海底通道的出口（也可以说是入口，这取决于你往哪边走）不远。这附近没有宜家卖场，而他

1　Serflex。

的处境也不妙。

印度朋友看了看自己周围。别地儿不想要的那些人都在这儿了。这趟冒险之旅对于维拉热和他的朋友们来说是美妙的，但遗憾的是这样的结束并不是他们所期待的。像对自己承诺的那样，魔术师陪着他们走到了旅程的终点，但他没能像自己想象中的那样见证他们这种英勇行为的成功。这些刚刚认识的朋友齐心协力地打开衣柜，撕掉泡泡纸，让他重新获得了自由，又给了他食物和水，那时，他相信，他们这次英勇的越境行动一定能成功。一定是弄错了，佛祖肯定不是这么安排的。这些敢作敢当的男人，他们的命运不应该是这样的。老天一定是弄错了，没把他们送到他们该去的地方。

维拉热坐在一个水泥台上，在身边两个身材高大的北非人的衬托下显得矮了不少。阿贾看向维拉热，两人的目光相遇了，这位苏丹兄弟眼中的悲伤压得魔术师喘不过气来，仿佛在对他说："阿贾，别轻举妄动。"

牢房里就是一锅大杂烩，各种肤色，各种口音，各种气味，混杂得相当"销魂"。阿贾挤进人群，努力地向刚认识的苏丹兄弟靠拢，想说些什么安慰安慰他。正往前挤，还没到目的地呢，突然，牢房的门被打开了。门是透明的塑料门，把牢房搞得像个巨大的水族箱，只是里面没有水而已。门里，是挤成一团的犯人；门外，是一小时之前逮捕阿贾的那个印度脸警官辛普森。辛普森把阿贾从这间牢房里弄出来，带到了自己的办公室。

“接下来的这十几分钟有你受的。”那个阿尔巴尼亚人已经是第二次往英格兰偷渡被抓了。

阿贾心想，这个印度脸警官应该是个讲道理的警官，再加上大家都是印度裔，就凭这一点，可以消除所有可怕的误会。他高兴地跟着自己的同胞出去了。

“事情是明摆着的，我根本不是你的什么同胞。”这次辛普森说的是英语，这话说得像是一眼就看穿了阿贾的心思。

说完，他请魔术师坐下。

“我是英国公民，也是受雇于英国政府的公务员。我不是你的朋友，更不是你家亲戚。”怕印度人再有什么误会，辛普森做了一个明确的补充说明。

阿贾突然明白了，不管你再有信仰，再相信警察，都不能消除这种可怕的误会。这个小边警，他把自己看得比国王都高贵。其实说白了，他今天能在这片土地上，不也是因为他的父母当年不畏艰辛地从印度偷渡过来了嘛。说不定当时他们也藏在一辆卡车的车厢里，藏在一箱西班牙进口的草莓和一箱比利时的菜花中间。他父母肯定也体会过每当卡车停车和减速的时候，那种心提到嗓子眼的感觉。印度朋友越想越觉得自己想得有道理，当然了，他只能一个人想想，不能跟当事人分享自己的想法。

辛普森当然不会知道阿贾在想什么，他在键盘上敲了几下，然后又抬头看向印度朋友。

“我们从头开始，你好好地给我解释解释。”

辛普森开始提问，问他的姓名、他父母的姓名、他的生日和出生地，以及他的职业。当他听到阿贾的职业的时候，真是大吃一惊。

“天啊，江湖魔术师？现在还有这种职业吗？”辛普森脸上的表情充分说明了他心中的怀疑和轻蔑。说完，他指了指办公桌上一个贴着封条的透明袋子。

印度朋友发现袋子里装的都是自己的私人物品。

“这些都是从你身上搜出来的。你看看，然后在这儿签字。”

说着，印度脸边警拿出一张纸，纸上一条条地记录着所有从阿贾身上搜出来的物品：

※ 一张巴黎地区茨冈出租车公司的名片。

※ 一张口香糖纸，纸上写着 Marie（玛丽）和一个法国手机号码。

※ 一本印度护照（真的），护照上有法国驻新德里大使馆签发的申根国短居签证（真的）。护照上显示持照人于 8 月 4 号在戴高乐机场进入法国境内。

※ 一张宜家产品名录上的彩页，上面是一张吉斯系列的钉钉床。

※ 一条人造革腰带。

※ 一副碎成六片的 Police 太阳镜。

※ 一张粗制滥造只印了一面的 100 欧元伪钞，伪钞上还系了一根 20 厘米长的透明橡皮筋。

※ 一张 20 欧元真币。

※ 一根印有宜家标志的铅笔和一把宜家的米尺。

※ 一枚正反面一模一样的 50 美分硬币。

"为什么要把我的腰带也拿走？"印度朋友十分不解。

"怕你用它上吊。"辛普森警官干巴巴地说，声音没有一丝的起伏，"按理说，鞋带也是要没收的，但是你没有鞋带，就算了。说句题外话，你为什么没穿鞋？"

魔术师看了看自己的脚。这双运动短袜已经不那么白了。

“在宜家，怕工作人员看到我，我就藏到了衣柜里，鞋落到宜家的一间会客厅展厅了。”

成为边警以来，九年多的时间里，辛普森习惯了在各种各样奇怪的地方把偷渡者找出来，习惯了整天整夜地听他们编的鬼话，所以他和维拉热一样，对阿贾说的这些一个字也不信，他甚至怀疑阿贾这名字是不是眼前这个印度偷渡者的真名。

“行，既然你什么也不说，那我也长话短说。从你那些非洲朋友身上找到了好多证据，都能证明你们曾经在西班牙的巴塞罗那停留过。在那儿待了那么长时间，我真弄不明白你们还来英国干吗？我们这儿常年下雨，你知道吧？西班牙那边是地中海气候，不受西风影响，阳光明媚的，多好。”

“听着，我知道你说这些是为了让我泄气，好好地和你们配合，老实交代。我必须对你这么好心地给我讲解你美丽祖国的天气情况表示感谢。在你们国家游览一番还是不错的，但是弄成现在这么悲惨就不太好了。我向你保证，我从来没想来英国，也不认识那些苏丹人。”

“苏丹人？看，承认了吧！”辛普森警官说道，他为自己能抓到这个印度偷渡者语言中的漏洞感到骄傲，“你比我知道的都多。你那些非洲朋友怎么也不开口，连自己的国籍都不肯说。不管怎么说，我们都习惯了。绝大部分的偷渡者都把自己的护照销毁或是藏起来，这样我们就不知道他们的国籍，没办法把他们送回去了。”

“可是我和你说了我是从哪儿来的，这就能充分证明我不是偷渡者。”

“你的签证只在申根国有效。我提醒你，这是在英国，不属于申根国，也永远不会加入申根国。所以这么说来，你就是个偷渡者。或者随你怎么称呼，都是这个意思。”

阿贾傻了，又重新和辛普森解释自己来法国的原因，说自己在宜家过夜是为了第二天不用再费事过去，能直接买他想买的那款钉钉床。这款床是吉斯系列魔术师特别款，用料是纯瑞典小松木，配有不锈钢高度调节钉，他订的颜色是红色美洲豹。他还和这个印度脸警官明确地说自己是昨天下的订单，这点一定有据可查，宜家巴黎卖场一定能证明这一点。

说完，他指了指那个装着他个人物品的透明袋子，但是他突然意识到那个戴眼镜的秃头小个子店员给他的订单在他的西装外套口袋里，而西装外套则被落在了宜家卖场里。

辛普森警官做了个深呼吸。

“行了，听着，我听够了。这会儿我把你送回牢房，明天一早遣送组就会来人把你送到机场。”

“机场？你们要把我送到哪儿去？”阿贾眼里满是恐惧。

“从哪儿来的送哪儿去，”辛普森觉得这事儿是明摆着的，不需要解释，“你和你那几个非洲朋友，明天把你们一起送去巴塞罗那。”

英国边警在这几个苏丹人的衣服口袋里找到了几张英国宫百货（西班牙的大型商场，和法国的老佛爷百货类似）巴塞罗那店的购物小票。他们在那儿买了六罐啤酒，一包花生和两盒巧克力甜甜圈。根据国际协议，不列颠边警只需要把他们遣送回这些偷渡者来英国前最后停留过的那个国家，也就是说把他们送回到西班牙。

也有些偷渡者，根据芝加哥公约，从哪个国家偷渡到英国的就送回到哪国。还有极少数人，直接被送回自己的祖国，从哪儿来的回哪儿去。

情况很清楚了，这群边警知道当时他们拦的那辆卡车是从法国来的，因为他们是在芒什海峡的海底隧道出口截到的这辆车。这样的话，把这群苏丹人送到吃青蛙的高卢人那儿享用他们的花生和巧克力甜甜圈就行了。只用一个小时就够了，而且费用低廉。

若费用更高一点儿，把他们遣送回西班牙对英国当局来说有一个巨大的好处，那就是能把他们弄到离自己国境线更远的地方。长期以来，英国当局对偷渡者的态度一直是能遣送多远就遣送多远。因为他们知道，这些偷渡者一旦重获自由就会重新踏上向英国偷渡的路。如果英国人能建造一架射程达到几千公里的投石机，他们会马上把这些偷渡者都装进去弄走，一秒钟都不会犹豫的。

“皇家空警专门派了一架飞机把你们遣送回巴塞罗那。”辛普森警官说完就转身走了。

几小时之后，当太阳从地平线升起的时候，阿贾已经在英国南部，比邻布莱顿的雪尔汉滨海[1]机场的跑道上了。

从芒什海峡的这一端，仔细看的话，可以看到对面高卢海滩淡蓝色的轮廓。

淡蓝色的水。

淡蓝色的天空。

淡蓝色的海鸥。

连身边的苏丹兄弟们的脸都是淡蓝色的。

1 Shoreham-by-sea，另译滨海肖勒姆。

阿贾把自己那副太阳镜重新组装好，戴上。透过淡蓝色的镜片，他眼中的一切都是美丽的淡蓝色。英国人把他的个人物品都退还给他了。一方面，这些物品对他自己和其他人都不构成威胁，另一方面，他马上就要离开英国了。甚至连那张 100 欧元的伪钞也还给了他，因为英国人认为这张伪钞不但只印了一面，还印得太假了，估计谁都骗不了。

现在，阿贾终于能坐下了，手铐也被警察取了下来。但遗憾的是，坐在他旁边的两个人并不是那么讨人喜欢。一边是个摩洛哥人，不停地咳嗽，一边是个巴基斯坦人，不停地打嗝。为了打发时间，加上对自己将要去的地方实在好奇，阿贾决定和旁边的两个人聊聊。他有一大堆关于巴塞罗那的疑问——那儿都有什么值得一看的？在那儿都能干些什么？这个季节能游泳吗？那儿有没有季风？甜甜圈是什么？那儿有宜家吗？

但是没人能回答他这些问题。旁边的这两个偷渡者不是不想理他，事实上完全相反，这俩人谁都没去过巴塞罗那，甚至都没去过西班牙。

这位巴基斯坦人用一本假的比利时护照从布鲁塞尔机场入欧洲境。然后偷偷地上了一辆开往英国的货运卡车，藏在两棵白菜中间。英国边警从他身上找到了一个标志性的东西——一个过时的小弯柄电扇（他拿这东西是因为受不了白菜味儿），现在只有西班牙人还用这东西，所以英国边警们也不用多想了，这个偷渡者肯定是从西班牙过来的。

那个摩洛哥人是穿越地中海，从希腊登陆来到申根国的，然后穿越巴尔干半岛，经过奥地利，最后来到了法国。然后在法国混上了一辆坐满希腊游客的观光车，藏进了车底的活动地板下面。他连吃饭的碗都没有，英国的边警们只在他身上找到了一把勺子，勺柄还在这场旷日持久的旅程中坏了。一位刚从塞维利亚度假回来的边警立刻认定这不是一把勺子，而是一块响板。于是这位马格里布人的命运就这样被决定了。立即遣送回西班牙。

“你呢？他们在你身上发现什么了？”巴基斯坦人问。

“什么也没发现。”阿贾耸了耸肩，“他们发现我的时候，我在一辆货运卡车上，身边恰好有六个从巴塞罗那偷渡过来的苏丹人。”

说着，他转过身，指了指第四排的那六个黑人。

“如果我没理解错的话，我们三个没有一个是从巴塞罗那偷渡过来的。”摩洛哥人做了个总结。

“我觉得在这架飞机上，这种情况不止我们三个。”巴基斯坦人说道。

“如果英国人见你有把吉他或是留着大胡子就认定你是偷渡者，好吧，我想要是这样的话，我们的经历不是个例。”

他指向和他们坐在同一排的一个男子，这名男子留着一大把褐色的胡子，头上戴着一顶黑色的帽子。

“朋友们，请把这次旅程当作莱茵河畔的一次免费观光好了。”他们身后响起了一个带着浓郁俄罗斯口音的声音，“他们把我塞到这架飞机上，是因为我说‘r’的时候有颤音。”

早晨8点钟了，生了锈的破闹钟嘎吱嘎吱费劲地响着。闹钟声是从市垃圾场附近传出来的，帕鲁尔德的家就在垃圾场附近。

“这会儿，他应该在英国了……”古斯塔夫坐在野营餐桌前，自言自语道。他无论如何也不会想到这会儿自己想着的这位此刻正在他头顶两万英尺以上的高空，坐在一个不停咳嗽的摩洛哥人和一个不断打嗝的巴基斯坦人中间，向南飞去。

想到这儿，他摸了摸自己那把欧皮耐尔折刀锋利的刀刃。唯一能让他有点儿心里安慰的就是那个浑蛋是被封在木头箱子里装进卡车的拖车运到英国的，他在里面没水喝没东西吃。运气稍微差一点儿的话就像被捕鼠器抓到的老鼠，渴也把他渴死了。要是那个浑蛋就这么死了，古斯塔夫还是很遗憾的。他更想亲自和那个坏蛋算账，他有的是办法慢慢地折磨他，慢慢地。

古斯塔夫感到他的旅行挂车一阵震动。

他的妻子梅赛德斯·沙亚娜穿着一件印花的浴袍出现在车门口。身后是他们的女儿米兰达·杰西卡。这位青春期少女一头乱糟糟的假发加上一脸的浓妆，造型相当劲爆。

“昨天晚上你还是出去了！”古斯塔夫生气地责备着女儿，“我跟你说让你待在家里（旅行挂车里），好好休息休息。看看你现在什么样！”

“没事儿，反正凯文也没看到。一会儿我上飞机再睡。”

“那个帅得不行的凯文，我以为你和他分了呢。”古斯塔夫的声音中透着怒气。

杰西卡打了个哈欠，不说话了。

“别再说她了，阿古，给她点儿自己的空间。”

沙亚娜刚刚在小小的野营餐桌旁坐下，给自己倒了一杯古斯塔夫煮的咖啡便站了起来。放下膳魔师保温杯，她拿了片面包，涂好黄油，递给了坐在自己身边的杰西卡。

“好吧，要是不想误机的话你们就赶快行动。”说完，司机师傅就起身去热车了。

每年两次，古斯塔夫全家出动去外地度假，雷打不动。第一次是去茨冈人的滨海圣玛丽朝圣。从中世纪开始，每年的5月24日，所有的茨冈人都会聚集到法国南部的卡玛格，来赞美他们的保护女神萨拉。他们抬着哭泣的萨拉蜡像从教堂一直走到海边。这不仅仅是一次朝圣，还是一次大型的集会，能见到散居在世界各地的亲朋好友。有些人甚至跋涉了3 000多公里来朝圣。帕鲁尔德开着自己为此改装的出租车，载着自己的妻子和女儿，经过7小时的车程到达了卡玛格。这几年，他们都没有把旅行挂车开来，而是住在幼年失散现在又重逢的表兄弟家里。

对帕鲁尔德夫妇来说，朝圣活动十分必要。他们整年都在盼着去卡玛格朝圣。但是对于杰西卡这样一位年轻的姑娘来说却正好相反，朝圣之旅是那么让人心碎。因为这个时候，她必须和她的小男友暂时分别，她怕自己不在他身边的这段时间里他又找一个比自己更漂亮的女友。虽然在茨冈人中间，她已经算是顶尖的美女了。再者说，一大群茨冈人穿着黑衣服，围着一个上百公斤重的雕像又哭又叫，这种活动真不是她这个年纪的女孩能喜欢的。还有，那些长长的黑裙子和面纱也不适合她。她从来都不喜欢麦当娜的风格，她欣赏的是Lady Gaga那种浮华的超现实风。整个活动中唯一令她欣慰的是晚上可以去海边的沙滩上娱乐一下，和那些参加牛游泳和牛赛跑的小伙子搭搭讪。

每年的第二次出游是在暑假期间，大约在8月初，也就是这个时候。古斯塔夫会休一周的假，然后一家人乘飞机去巴塞罗那，在那儿挥霍一年的辛苦钱。他们在巴塞罗那有一所房子。这所房子之前的主人是一位老大爷，这位老大爷以前也一直住在旅行挂车里，后来临终的时候实在受不了潮湿的挂车了，于是买了这所房子。

去巴塞罗那，杰西卡还是很期待的。这座加泰罗尼亚人的城市到处都是舞厅和帅哥。她知道这座城市里所有的好去处，繁华的马尔马格[1]购物中心，满是哥特式建筑的中心城区哥特区，以及美妙的奥林匹亚港，在这些地方，她能听着自己喜欢的歌手的歌，彻夜地跳舞狂欢。

正因如此，一定不能误机。杰西卡两口吞下了一块牛奶巧克力，然后赶紧冲进旅行挂车里换衣服。下身穿了一条浅色的超短包臀牛仔短裤，上身穿了一件黄色的比基尼，胳膊上挎了个大包，脚上踩着一双镶满水钻的亮闪闪的高跟鞋，鞋跟足有15厘米高。今天下午她就可以在巴塞罗那

1 Maremagnum，西班牙著名的购物中心。

的海滨享受阳光和海水了。

古斯塔夫夫人也进去穿衣打扮。她是绝对不会不化妆就出门的。梅赛德斯·沙亚娜先上了点儿粉底，又涂了点儿芮谜的睫毛膏，最后涂了点儿口红，算是大功告成了。她还穿着那件印花的浴袍，因为她觉得这件衣服既适合夏天穿，又有西班牙风格，很适合度假穿。下身穿了一条粉红色的莱卡运动裤，脚上穿了一双沙滩凉鞋。

“这两位女士真是国色天香啊！”古斯塔夫一边往车里装行李，一边赞叹。

然后他坐到了驾驶位上，压得汽车坐垫上的小木球咯咯直响。

警局对面教堂里的大钟敲了8次。8点钟了，但是在这个街区，一点儿也感觉不到巴黎繁华而忙碌的气息。

“这会儿，他应该在英国了……”亚历山大·拉菲弗警官坐在自己的办公室里自言自语道。

她是绝对不会只为了一件金额只有100欧元的乘车欺诈案件，就向法官申请国际逮捕令的。那样她就真成一个傻瓜了。你可以想象她是多么讨厌被人当成傻瓜，她宁愿从自己兜里掏100欧元给受害者，以维护自己的尊严。

女警官把茨冈出租车司机古斯塔夫·帕鲁尔德的文件合上，扔到了积压案件那一堆。装那些积压案件的是一个很大的带滑槽的档案夹，和药店用的那种差不多，那里还积压着其他 150 多个这种让她丢脸的案件，这些该死的案子为什么就不能赶紧在地球上消失呢？然后，她站起身，来到了咖啡机旁，她的同事们也都在这儿。

路过办公室那面单向镜的时候，她瞥了一眼镜子里的自己，发现自己似乎一下子就变老了。大大的黑眼圈像是两个躺着的括号。“这个工作真是耗费精力，”拉菲弗对自己说，“我得给自己放个假了。”

西班牙篇

到达巴塞罗那机场出站口的时候，阿贾看着自己映在玻璃窗中的影子，他觉得自己似乎一下子就变老了。大大的黑眼圈像是两个躺着的括号。“这趟旅途真是耗费精力，”他自言自语道，“我需要好好睡上一觉。”

这会儿的他看起来一点儿也不像一位家境殷实的印度实业家，一身衣服被蹂躏得不成样子，一副偷渡者的猥琐样儿。这会儿他充分理解了那位讯问他的印度脸英国边警为什么不相信他的那番宜家的说辞了。如果他是边警，看着自己这副猥琐的样子也同样不会相信。

看看大厅里巨大的电子钟，发现已经是中午了。现在，阿贾是自由身了。因为虽然把他遣送到了西班牙，但是西班牙移民局的办公能力有限，只能勉强处理有正规签证的入境业务。对于他们这种低效的工作能力，阿贾真没有一点儿要抱怨的意思。英国人虽然不情愿，但是也没办法，只能带着印度朋友和另外三个走运的家伙向最近的出口走去。

事实上，此刻阿贾应该出现在离这儿千里之遥的戴高乐机场，在那里候机，然后带着他的钉钉床返回印度。

以上这些，已经是过去式了，他的生活轨迹发生了改变。

在崭新的1号航站楼里，阿贾随着人流走向托运行李自取区，哪怕你没托运行李，想出站也必须经过这儿。一边走，印度朋友一边发誓，以后再也不干那些非法的勾当了。他想起了玛丽对他说的那番话——“遇到像你这样真诚而正直的人真是让人受益匪浅。你们这样的人有良好的操守，也给身边的人传递正能量。”他想到了刚才维拉热的那番告白。维拉热和朋友们被扣在了机场管制区，他们没有申根国签证，在那儿滞留了好长时间。刚才分别的时候，他们紧紧地拥抱了对方，又互道了一路顺风。“我们一定会再见面的，”维拉热对他说，“一定会的。”

他们要重新闯关，继续往英国偷渡。他们坚信英国才是他们的乐土，就像第一批美洲移民看到地平线的时候相信美洲是他们的乐土一样。他们计划从西班牙继续北上，穿过法国，到达加莱，然后在加莱等待机会搭个顺风车去英国。当然，还是得藏在一堆装烤牛肉或者是装白菜的箱子中间。

“你呢？你有什么计划？”维拉热问他。

“我吗？我还不知道呢。既然来了，要不就顺便游览一下巴塞罗那。虽然我兜里一分钱都没有。”

他没有告诉他的朋友他决心改头换面，做一个好人，没有告诉他的朋友他原来的计划已经被打乱了，更没有告诉他的朋友他也想去帮助别人，去奉献。

他也没有告诉他的朋友关于玛丽的故事，以及自己脑子里疯狂的新计划。

不可思议的事情就在这个时候发生了。就在魔术师满脑子爱情、同情、兄弟情的时候，突然发现自己的正对面就是那个在巴黎被自己骗了的出租车司机。这位艳福真是不浅，一手挎着一位小姐，但是看向他的目光都快喷火了，如果目光能杀人的话，阿贾这会儿早死了 1 000 遍了。

看到阿贾后，古斯塔夫·帕鲁尔德做的第一件事儿就是死死地盯着他，心中怒火冲天，真是欲除之而后快。

“你这个浑蛋，我就知道迟早有一天你得落到我的手里。”

三个小时之前，帕鲁尔德还在想这个骗子应该在英国了，而且像老鼠一样，被关在卡车车厢里运到英国，但是他万万没想到冤家路窄，居然在巴塞罗那看到了这个骗子。这位茨冈出租车师傅的性格有些暴躁，容易冲动，怒火一起经常把理智和逻辑思维能力烧得一干二净。

不用是心理学专家，也不用懂法语，只要看到对面怒火冲天的茨冈人，谁都知道此地不宜久留。但是印度朋友还没来得及抬腿，茨冈师傅就先发制人了。

“我要杀了你！”古斯塔夫大叫道，他是真想杀了阿贾。

说着，他从行李传送带上拎起一个小型车载冰箱就往阿贾脸上招呼。

“我好喜欢他的耳洞和嘴唇上的洞洞。”爸爸大叫完了轮到女儿尖叫，杰西卡看着阿贾身上的各种能戴装饰环的洞满眼羡慕，因为帕鲁尔德夫妇绝对不允许自己的女儿弄成这副样子。

“谁呀？”帕鲁尔德夫人就这么轻描淡写地问了一句。这是她第一次看到这个高大、瘦削，一脸坑坑包包，还留着两撇大胡子的头巾男。

但很快她就意识到，眼前这位是敌非友，于是果断地和丈夫一起冲上去，挥舞着自己装得满满的鳄鱼纹皮包照着眼前这位陌生人的肋骨狠狠地打去。

阿贾被这么奔放的进攻方式惊呆了，瞬间，这7公斤重的海滩冰箱就砸到了他的脸上，同时，侧面肋骨也被帕鲁尔德太太的重量级皮包击中了。印度朋友本来就偏瘦，基本属于风一刮就倒的类型，这两下子哪里是他这小身板能承受得住的，说话间他就像离弦的箭一般飞了出去，重重地落到了行李传送带上，传送带上摆满了刚从西班牙马略卡岛到达巴塞罗那的行李包。他旁边就有一大摞装着 ensaïmadas（你不知道这是什么东西吧？印度朋友也不知道）的纸盒子。阿贾躺在行李传送带上一动不动。因为这一下摔得着实不轻，另外，这更是他的策略（装死）。但是当他偷偷地（怕帕鲁尔德看到他醒了，再拿冰箱砸他一下）睁开眼睛的时候，他发现自己装死装得有点儿过了。

就像《爱丽丝梦游仙境》里的场景，我们的魔术师来到了镜子的另一面，行李集散处。行李传输机把他当成个大箱子，在传送带上转了一圈，由于没人认领，他又被传送带送到了行李集散处。

一阵剧烈的疼痛让他变了脸色。

他轻轻地摸了摸自己的脸颊。青春痘在他脸上留下了许多坑坑包包，现在在这些坑坑里和包包上，都扎着许多小冰碴儿，应该是刚才那出租车司机朝他扔冰箱的时候弄的。

他整个左脸上都是冰碴儿，就像是脑袋被冰箱砸了，实际情况也差不多是这样，也像是被一根忘在冷库里的铁棍打了一下，好吧，我也知道，这个比喻有点儿奇怪。

太可怕了，这可能就是自己命中的一劫，非入地狱不可，阿贾不禁想到。因为即使他成功地躲过了那个二货和他家那头母老虎的袭击，这种痛苦也可能还会再次降临。

阿贾现在在机场的安全区，一个很大的欧洲机场的安全区，古斯塔夫肯定不会追到这儿来，但问题就在这儿，这儿也是像他这种闲杂人等不得入内的地方。闯进这里，和他刚刚说的要改邪归正的誓言貌似有点儿相悖。

如果警察这时候冲进来的话，会看到一个山寨版的阿拉丁，这位仿版没有会飞的魔毯，只能躺在转动的行李传送带上。如果他们能像他们的英国同行那么有能力，那么有效率的话，最初的惊呆一过去（这期间可能有时间说一句“哦，天啊”表示惊讶），就会立刻冲向这个山寨版阿拉丁，然后根据送他来这儿的那个国际接纳协定，把他送去北极，或者送去冰岛，原因很简单，就一个：因为他满脸都是冰碴儿。

就像一个罪犯想要销毁自己的犯罪证据一样，我们的魔术师用自己的衬衣袖子使劲儿地擦了把脸，当然，在这期间，他身下的传送带一直在坚定地转着圈儿。

五分钟过去了，汤姆·耶稣·库尔特·桑塔玛利亚还在凝视着自己这辆伊比利亚航空红黄相间的小高尔夫的后视镜。

虽然他今年只有 28 岁，他发现自己似乎在一瞬间变老了。大大的黑眼圈像是两个躺着的括号。“这工作真是耗费精力，”他自言自语道，“我需要一份非固定期限工作合同。”

就在他正要返回行李存放处的时候，一个男人拎着一个小冰箱大步朝他走来。他身边跟着一个中年女人和一位年轻姑娘。女人穿着一件印花浴袍，就是刚洗完澡顺手披身上的那种。年轻姑娘身上有一种他很熟悉的气质。他每天上班的路上都能碰到在路边招揽生意的小姐，这姑娘身上的气质和她们如出一辙。

“先生，我的行李箱又被传送带运回行李存放处了。”这个男人的西班牙语说得不错，但是有浓重的法国口音。

古斯塔夫下定决心，这次一定不能再让那个印度人逃出他的手心，他想方设法想进入行李存放处。挺着个啤酒肚，再加上身手也不那么敏捷，古斯塔夫没办法像他的敌人那样顺着传送带进到行李存放处。

“请您稍等一会儿，传送带一会儿就会把您的箱子再送出来。”汤姆回答说，他负责这儿的行李搬运。每天回答这些旅客的白痴问题真是又累又烦。他在航站楼的这一侧真是倒霉，亲们，传送带是转圈儿工作的好吗？

“我知道，我知道……”

“既然您知道……”

“我知道，但问题是我女儿低血糖。”这位茨冈司机师傅一看一计不成又生一计。

“迟钝[1]？这样说这位漂亮的小姑娘可不太好。她哪能像河马那么迟钝呢？”

又有一个人认同自己的美貌，杰西卡满意了，她微微一笑，然后羞涩地低下了头，小脸蛋通红。这个西班牙小伙子穿着他这身蓝色的工作服真是太迷人了。魅力之大几乎都要超过凯文了。

“是低血糖。”这位茨冈父亲的语气变得不那么友善了，“我女儿有糖尿病，得赶紧打一针胰岛素控制血糖。这个药就在那个箱子里。”

1 法语中低血糖（hypoglycémie）的简写（hypo）同迟钝（hypo）。

他一直想找机会用上一句他最喜欢的美剧《急诊室的故事》中的对白来搭腔，现在这个机会终于来了。

“她看起来还好吧，没你说的那么严重。”汤姆反驳说。虽然情况貌似很紧急，但是他依然冷静、沉着。

古斯塔夫用胳膊肘碰了碰女儿，示意她配合点儿。杰西卡马上抬起头，做痛苦状。

“好吧，我这就去行李间。”这个管行李的小伙顺着古斯塔夫的意思说道。赶紧满足他的要求得了，省得在这儿浪费时间跟他争论。

再说这姑娘也确实挺可爱的。

他准备发动汽车。

“我和你一起去吧。你不知道是哪个箱子。”古斯塔夫跟了上来，把手里的冰箱往地上一放，自己坐到车上。

汤姆看了看坐在自己身边副驾驶位置上的男子。身材不高，五十岁上下，腿上穿着一条皱巴巴的黑裤子，一看就知道是廉价货。衬衣和裤子一个颜色。脖子上挂着一条粗粗的金链子（快和船上用的缆绳一般粗了），胸毛很长，黑白交杂。要不是他手里拎着个冰箱，再加上身边这两个女人的气质，汤姆都觉得这位应该是刚参加完葬礼回来。

该死的，但一定是这样了。

“你是茨冈人吧？”西班牙小伙问道，他心里几乎已经确定了答案。

“是的。”古斯塔夫回答得理所当然，挥了挥戴着金戒指的胖手，“我是茨冈人。”

“就是嘛，早说呀。”汤姆·耶稣·库尔特·桑塔玛利亚一听这话一下来精神了，也抖了抖自己戴着戒指的修长手指，俩人弄得跟对暗号似的。

他发动了自己的小高尔夫。为了救助一名茨冈少女嘛，换了谁都得这么做。

阿贾旁边的传送带上堆了一堆纸盒子，盒子上红色和金色的字母整齐而优美：ensaïmada mallorquina[1]。印度朋友实在好奇这神秘的盒子里到底装的是什么，他决定给自己一个答案，于是毫不犹豫地打开了一个。

出乎他的预料，盒子里是一个很大的圆形面包。面包的整体造型是一种介于蜗牛壳和莉亚公主[2]发型之间的螺旋形。底边是圆形的，圆得几乎像一张唱片那么规范。

1 西班牙马略卡岛上的一种传统面包。

2 Princesse Leia，电影《星球大战》中的人物。

阿贾尝了一小块儿，发现这个 ensaïmada mallorquina 还不错，很好吃。唯一美中不足的是吃起来有点儿干，但也不是问题，就点儿水吃就好了。但现在的问题是他手边没有水。

印度朋友很纳闷儿，怎么能像堆破衣服似的把这么好吃的面包随便就这么堆起来呢？不怕压坏了吗？飞机上负责运行李的小伙子们也是，过手的时候怎么就不会偷吃一两块儿呢？就在他疑惑不解的时候，听到了一阵嗡嗡声，一辆汽车朝这边开来。

阿贾一下子从传送带上跳了起来。现在还不是时候，他不能回到航站楼里面，这会儿那个巴黎来的大叔肯定拿着他那个要命的冰箱在那儿等着自己呢。

左看看，右看看，没发现能藏身的地方。

突然，他看到了几米之外的传送带上有一个差不多冰箱那么大的栗色皮箱，那条传送带和阿贾所在的传送带运输方向正好相反。一秒钟都没犹豫，阿贾迅速地跳了过去。运气不错，箱子没有上锁。他警惕地看了看周围，然后打开了箱子。一辆红黄相间的小车开了过来。他看不清司机和那名乘客的脸，但是他们应该没有看到他。

大箱子里是一个便携式衣柜，衣柜里塞满了衣服。居然是个衣柜！阿贾有些不敢相信自己的眼睛。箱子里的衣服精美华丽，有高贵优雅的连衣裙，有精致舒适的内衣，还有几个装得满满的化妆包。箱子的主人肯定是个大人物，不是有身份就是很有钱，也有可能又有身份又有钱。但这跟他没什么关系，他把衣服从衣架上拽下来，随便堆在箱子后面的传送带旁边。

我们的魔术师钻进了箱子里，手里还拿着半块ensaïmada mallorquina，他怕自己被再次封在箱子里。阿贾第一次钻进这么大的箱子里，这一次，他没有把自己的肩膀弄脱臼。以前每次钻进他那个魔法箱的时候，他都得先把自己的肩膀弄脱臼才能钻进去。他深吸了一口气。好吧，至少不会有人拿把锋利的大刀朝箱子乱刺。当然，前提是那法国大叔没发现自己藏在这个箱子里……

当穿着百慕大短裤和凉鞋的普通乘客们开始陆续进入机舱找自己座位的时候，最先登机的苏菲·猫索已经在美美地品尝她那瓶廉价的二流香槟了。

一位高声喧哗的意大利人走了过来，带起一阵风。一粒微小的尘埃顺风飘进了这位银幕佳人漂亮的绿眼睛里。感到有点儿不舒服，她抬手揉了揉眼睛。结果不揉还好，一揉把隐形眼镜揉了出来，掉在了地下蓝色的地毯上。

一连好几分钟，这位年轻的女士一直跪在两个座椅之间的地板上，用她那双细致修长的手在地毯上摸索着。还好没过多久，就有一位空姐过来帮忙。但结果很遗憾，还是没有找到。苏菲·猫索不得不面临一个残酷的现实：自己成了独眼龙。这对一个演员来说简直是不能接受的，尤其是她没演过《加勒比海盗》。

乘客们陆陆续续地登机，朝她们这边走过来。那位空姐像一条逆流而上的三文鱼一样迎难而上，在登机板上找到了一位穿着黄色反光马甲，头戴耳机，手拿对讲机的制服女士说明了情况。

必须先找到苏菲·猫索那个路易·威登的大箱子，箱子外侧的兜里装着她的化妆包，得把这个化妆包给她拿过来。

运气不错，这箱子还没被运到飞机上。机场跑道上，行李运输的负责人对那个拿对讲机的姑娘解释说考虑到这个箱子的所有人（苏菲·猫索这样一位名震影坛的俏佳人不可能天天坐他们的飞机）的情况，这个箱子被特殊照顾了，不用和其他那些行李箱一起被放到那些巨大的金属集装箱里运输。他还表示，那个几乎有一个冰箱大小的漂亮的栗色威登箱子（55cm × 128cm × 55cm）已经被放在一辆行李推车上了。

拿对讲机的西班牙姑娘在箱子外侧的兜里摸索了一番，掏出了一个化妆包，然后拉上了拉链。这是她第一次见到这么奢华的行李。靠她那点儿可怜的薪水，尤其现在又逢经济危机，她永远也买不起这样的一个包，也许连一个这样的化妆包都买不起。

“好了，搞定了。”西班牙姑娘对行李运输的负责人说道。这位负责人身后还有另外两位男士，负责把这个箱子安置到飞机上一个通风、温暖又压强适中的独立舱里。

箱子里一片漆黑，阿贾坐在一条女士三角裤和一块儿ensaïmada 中间，如果他现在向他的守护神寻求帮助的话，他的守护神会用巴里·怀特[1]低沉的嗓音对他说：“魔术师，我有两个消息要告诉你，一个好消息，一个坏消息。好消息是你刚刚被送进了飞机上通风、温暖又压强适中的一个独立舱里。这样的话，经过长途飞行到达目的地的时候你也不会被折磨得像意大利冰激凌一样摊成一地。坏消息是你不能游览巴塞罗那了，因为你现在所在的这架飞机马上就要起飞了，目的地未知。你又要启程了！”

1　Barry White。

刚才这一连串的事件就发生在几分钟之内，当古斯塔夫·帕鲁尔德和汤姆·耶稣·库尔特来到行李处的时候，印度朋友已经不见了。

古斯塔夫不想欺骗自己的茨冈同胞，于是一上车，就对这个搬行李的小伙说明了真相。真相就是他想把那个骗了他 100 欧元的外国人的脸打烂。在这个年轻的西班牙小伙心里，这种血缘上的联系神圣无比，况且他对把人家的脸打烂这种事儿也很热衷。没什么可说的，他直接加入了这位茨冈大哥的阵营。再说，他得知那位漂亮的姑娘没有糖尿病，也没有什么危险以后，感到非常欣慰。

两个茨冈兄弟被这个追踪游戏搞得热血沸腾，大步流星地在迷宫似的走廊里穿梭，搜寻那个印度人的身影。这印度人真是胆大包天，居然敢冒犯茨冈兄弟！

古斯塔夫这会儿没拎冰箱，但他有新武器。摸着兜里象牙柄的欧皮耐尔折刀，他笑了。这把刀他从不离身，一下飞机他就把它从托运行李里拿了出来。如果那个骗子胆敢不还钱，对了，还得还利息，如果不还，他会毫不犹豫地把他捅成筛子。

茨冈兄弟很快走到了传送带尽头，但是依然不见那个浑蛋的影子。另一名负责行李搬运的工作人员走了过来，西班牙小伙立刻问他有没有看到一个印度人，高个儿，不胖，脸像树皮似的，坑坑包包的，留了一把大胡子，还包了一块白头巾，就是个印度人。

“我看到的唯一一个印度人就是他！”这名工作人员指着古斯塔夫说道，“他来这儿干什么？这儿不是他能来的地方。”

“我知道，我知道，但是我们在找一个箱子，里面有胰岛素，他女儿有糖尿病，要降血糖，否则会很危险。”茨冈小伙顺着古斯塔夫原来的思路开始编瞎话。

“啊，这样啊……”仅仅过了几秒钟，那名工作人员继续说，“那这又关印度人什么事儿？”

汤姆·耶稣·库尔特·桑塔玛利亚这下不知道该怎么说了。但是他明白，要是他卷进这件事儿里，那他渴望的非固定期限工作合同就没戏了。于是他偃旗息鼓不折腾了。

不一会儿他就把这个法国大叔送回了乘客该待的地方，忘了这段不幸的小插曲。正想着，他突然看到一条传送带旁边的地上扔了一堆衣服。

他的职业素养告诉他，这事儿不简单。他停下车，过去捡起了这堆衣服。有漂亮的晚礼服，有性感的内衣，内衣是36码的，从这一点来看，这些衣服的主人应该是个尤物。

“这是什么？”帕鲁尔德也下了车，走了过来。

“我也不知道，应该是有人看都没看这是什么就把它们扔到了这儿。一堆漂亮衣服。衣服的主人应该很有钱，要不就是很有身份，也有可能又有钱又有身份。肯定是一位女士，还是一位很迷人的女士。如果你想听，这就是我的想法。”

“这些行李要往哪儿运？”古斯塔夫打断了他的话，我们的茨冈大叔是不会被几条女士三角裤就轻易打乱思路的，边说边指了指传送带上的行李。

负责运行李的西班牙小伙走近一辆行李推车，看了看上面挂着的白绿相间的标签。

“FCO。”

“FCO？”古斯塔夫没明白。

“这些行李的目的地是罗马的菲乌米奇诺（Fiumicino）机场。”

当发动机全速启动，飞机起飞的时候，阿贾终于意识到：第一，自己现在在飞机上；第二，他藏身的这个箱子不是他想象中刚下飞机的行李，而是要上飞机运走的行李。

阿贾以前从来没怎么旅游过，但是他发现从昨天晚上开始，自己的这种宅男命运被彻底改变了。有句话怎么说的来着，“旅行使人年轻”，照他这个旅行速度，估计用不了多长时间就能变新生儿了，虽然他的座席有点儿与众不同（不是在衣柜里就是在行李箱里），但也没什么影响。不，或许有影响，也可能是这话压根儿就不太对，因为我们的魔术师这会儿腰酸背疼，没有一点儿精神焕发的减龄感。

来到欧洲只有24小时，但阿贾却感觉过了好长好长时间。他居然在一天之内踏上了三个国家的土地：法国、英国和西班牙。今天晚上，他可能还会到别的地方。佛祖没有抛弃他。佛祖会不会一点儿也不给自己面子，让自己的下半辈子都被人当成一个偷渡者？

这次飞机会降落在什么地方呢？这对他来说已经无所谓了。

他只希望这架飞机的目的地千万别是新喀里多尼亚[1]。因为他实在无法想象，自己蜷缩在这个只有1.2米高的箱子里，就靠着半块ensaïmada度过接下来的32小时。

至少，现在不是大头朝下了，那种倒立状态简直让人无法忍受。阿贾在箱子的一角睡觉，虽然膝盖都碰到头了，

1 Nouvelle-Calédonie，位于南回归线附近，是法国在大洋洲西南部的一个境外省。

但他还是坚持这个姿势，因为他觉得这个姿势有助于睡眠。他希望这个箱子不会变成自己的棺材。又漂亮又名贵的名牌箱子也没门儿。

和其他印度魔术师千年以来遵循的火葬传统不同，阿贾更喜欢土葬。但是比起土葬，他更希望自己长命百岁。和玛丽吃饭的时候，他提到过自己的愿望。如果当时在宜家的快餐厅里，有一个腰上绑着炸弹的恐怖分子来一次恐怖袭击，我们的魔术师死了，玛丽幸运地活了下来，那么这位迷人的法国女士一定会满足这位可怜的印度朋友最后的愿望的。

“我还是更喜欢火葬。”玛丽当时是这么说的，“如果我突然醒了，发现自己在棺材里，那真是太可怕了。”

“醒来发现自己在骨灰罐里就不可怕吗？”印度朋友反问道。

阿贾突然觉得自己不能还没和玛丽再见一面就死去。她的微笑，她美丽的双手，她瓷娃娃般的脸庞，一一在他脑海中浮现。他对自己保证，不管这架飞机的目的地是哪儿，只要飞机一降落，他就马上给玛丽打电话。

“让我活下来吧，”阿贾恳求道，“我以后一定做一个好人，一个诚实的人，就像玛丽想象的那样。”

这时，佛祖回应了他，方式有些特殊——阿贾听到了一阵虚弱的狗叫声。

机舱里，有一只狗。从它虚弱的叫声来看，这肯定是个不常坐飞机的家伙，不是一个空中飞人（空中飞狗）。

黑暗中，阿贾用自己灵活的手指在箱子里摸索，想找到自己进来后随手锁上的那个机关。这箱子既然能从里面锁上，也肯定能从里面打开。

几秒钟后，他成功了。他从小箱子里出来了，像一个熟过头的香蕉被从香蕉皮中挤出来一样。很幸运，机舱里的行李并不多，威登行李箱边上没有太多的行李，阿贾顺利地爬了出来。终于自由了！他伸伸腿，揉揉腰，再揉揉小腿肚。有一家印度航空公司的广告语是这么说的：请选择我们航空公司出游，您将享受牛的待遇[1]。阿贾现在的状态是蜷缩在一只旅行箱里，又被堆在这个狭小的机舱里，自己的亲身经历让印度朋友深刻地认识到，牛在各个国家的意义是不同的，至少，在欧洲和印度，牛的地位是截然不同的。

印度朋友想站起来，但是机舱的棚顶太低了，他这个大

1 印度教徒认为牛是“圣兽”，牛在印度地位崇高。

个儿根本直立不起来，只能弓着身子继续做折叠状。他决定就这么蹲着，用弓身鸭子步法向声音源靠近。用弓身鸭子步法靠近一条狗，阿贾觉得自己真是有创意。

机舱里一片漆黑，阿贾摸索着前进。每次碰到未知障碍物，他都会把它们推到一边，或者绕着走，当然，这完全取决于它们的重量。

没走几步，他就看到了一双发光的眼睛。这双眼睛在黑暗中泰然自若地注视着他。阿贾很喜欢动物，他不怕它们。小时候他把眼镜蛇当宠物，成天在一起玩，长大以后肯定什么动物都不怕了，更别说狗了，狗是人类最好的朋友。

阿贾拿着剩下的那块 ensaïmada 靠近了笼子。

“乖，乖。”语气轻柔友好，虽然手里拿着半块面包，但是他怕笼子里的朋友对人肉比对面包更感兴趣。

他感觉到一条舌头贪婪地舔着他的手指，湿湿的，凉凉的，和一片生牛肉似的。

动物的呜咽声停了下来。应该是吃了块儿面包让它感到了些许安慰，心情不那么糟了。当然，它对这个不请自来的“伙伴儿”没什么兴趣。

“你知道我们这是要去哪儿吗？我是没有一点儿概念。我都不知道咱们现在是往东南西北哪个方向走呢，也不知道我们下面是什么，是海？是山？而且从某种意义上来说，我还是个偷渡者。现在我怀疑自己是不是也患上了偷渡焦虑综合征，飞机一慢或一停就心跳加速。欧洲的警察不会连在天上的飞机都拦吧？”

笼子里的伙伴回答不了他的问题。

机舱里伸手不见五指，上次被关在衣柜里运往英国的时候，衣柜里也是一样的黑，在黑暗中，阿贾的感觉比平时敏锐得多。一阵难闻的气味直冲鼻腔，阿贾感觉真是委屈自己的鼻子了，但是他很快意识到气味的来源不是他对面的笼子。这么难闻的味道居然是从自己身上散发出来的。印度朋友受不了累，挨不住饿，顶不住渴，但是，他能坚持一直不洗澡。他试过好几次一连几周都不洗澡。要说这两天他都没机会洗漱的话，但是在之前的几段旅程中，他都是有机会洗的。可他已经很久没有擦过一把脸了。他的脸最后一次沾水，还是上次下雨的时候。事实上，达尔塞尔沙漠并不经常下雨。

乔达摩·悉达多，也就是佛祖，在菩提树下静思了 7 个礼拜。他在这 7 个礼拜里洗澡了吗？

因为时间很充裕，也没有人会来打扰，阿贾蹲下身子，盘腿坐在地上，面朝着对面笼子里那双发光的眼睛，开始思考自己以后的新生活，以后他要做一个诚实善良的人。他刚刚把自己的那块儿面包送给了笼子里的小狗，但是这还远远不够。他要彻底改变。他能够帮助谁呢？要怎么去帮助呢？

我们的魔术师总想写点儿什么。

一直没有动笔的原因不是他缺乏灵感，相反，他有着丰富的想象力。也许他波澜起伏的人生也是有一定寓意的。不管怎么说，他丰富的想象力为他的魔术事业做出了巨大的贡献，让他能变出那些真真假假，不可思议的戏法。

但是，他从来没有把自己的故事写出来。想起来容易做起来难，阿贾就这么一直拖着，没有提笔。

也许是时候开始自己的创作了，也许他正在寻觅的开启新生活的正直又赚钱的职业就是作家吧。当然，不是那种站街作家。他可不想肩上背个打字机，坐在路边等生意，等半天等来一糟老头，请自己帮忙写封情书。这事儿他可不干。他是胸怀大志的人，目标是畅销书作家。这比去跳狐步舞或者当个赛马骑师要靠谱儿得多。如果当不成作家，他还可以去巴黎埃菲尔铁塔下卖铁塔模型。

“伙计，你觉得呢？当个作家怎么样？”

对面的小狗叫了三声。

阿贾把这三声理解为："我觉得这真是个绝妙的主意，老兄，好好干！"

故事的开头是这样的：一辆两侧印有出租字样的黄色出租车在新德里的马路上狂奔，车子有些年头了，显得有些破旧。主人公有两位：一位是出租车司机，胖墩墩的，留着一把胡子，头发乱糟糟的；另一位是个青年男子。他拄着拐杖，在车前面使劲儿跑，完全不顾自己是个残疾人。

黑暗中，阿贾笑了。

疯狂的出租车司机的原型就是那个拿着冰箱的巴黎出租车司机，而他，就是在马路上狂奔的那个瘸子。

书名可以叫《上帝乘出租车出游》之类的。现在书名也有了，开篇也有了，魔术师同志已经准备好开始自己的创作了。小说不都是这么开始创作的吗？

阿贾脱掉衬衣，掏出从宜家拿出来的那根铅笔，在黑暗中，提笔在衬衣布上开始了自己的创作。

第一章

他不明白，连一支笔都能成为杀人的凶器，为什么飞机上还不让带叉子。他不明白，为了让商务舱的乘客们能优雅地用餐，飞机上能给他们提供餐刀，为什么却不允许乘客随身携带刀具。总之，他认为这些安保措施莫名其妙，因为在他看来徒手杀人易如反掌。如果这样，是不是在登机之前，得让乘客把手呀、胳膊呀这类凶器先砍掉？或者把乘客们像动物一样关到飞机的储物舱里，远离驾驶室，好避免劫机事件的发生？

（笼子里的小狗此时是我唯一的听众，它那双发光的眼睛是黑暗中我唯一能看到的东西。《上帝乘出租车出游》讲述的是这样一个故事：有一个双目失明的阿富汗人，名叫瓦里德·纳吉布，他要在一架飞往英国的飞机上进行自杀式恐怖袭击。在登机前的几分钟里，他霉运连连，各种劫难层出不穷。为什么是个双目失明的恐怖分子呢？也许是因为现在我自己处在黑暗中，什么也看不见。不管怎么说，人们总是去写自己知道的东西。

镜头转到斯里兰卡的科伦坡[1]机场，为了不引起怀疑，恐怖分子专门选了这个机场。好吧，我继续写。）

这名男子越来越紧张，他把自己锁在洗手间里，不敢通过安检通道，因为那儿有金属探测器。他手里的拐杖本来是空心的，现在里面藏着足够炸毁他将乘坐的这架飞机的炸药。没人会去怀疑一个盲人。

计划得天衣无缝，但他还是不可抑制地感到害怕。他不惧怕死亡，因为他对自己的事业有着坚定的信仰，为捍卫自己的信仰，牺牲对他来说是一种荣誉。他担心的是计划还没实施自己就被当局逮捕了。（有点儿类似于卡车一停或一慢就心跳加速的偷渡综合征。）

他把各个方面都考虑到了。他花了 6 个月的时间精心地设计着这次出行的每一个细节。他成功地弄到了一本几乎可以以假乱真的假斯里兰卡护照，然后用这本假护照取得了英国的短期商务签证。他穿着一身剪裁合体的灰色西装，提着一个公文包，公文包里装着他自己虚构出来的那家公司的文件，手里还拿着一盒要向德国欧宝汽车公司推销的车漆。他们公司最新

1 斯里兰卡首都。

推出了两款新颜色，红色美洲豹和蓝色小龟，他把这两种车漆的样品也带上了。有无数种颜色可供选择。但是对一位盲人来说，这些足够让人崩溃了。他把任何一个问题都考虑到了，把任何一个细节都雕琢得完美无瑕，他甚至学了布莱叶盲文，这样万一有人问他问题他也可以应付了。他能做的都做了，剩下的就要看真神阿拉的意愿了。

没摘墨镜，他直接往脸上拍了点儿水。如果视力正常的话，他会看到洗手间镜子里映出的自己：一位胡子刮得整整齐齐，气质优雅高贵的老先生。他身上没有一点儿破绽，谁也看不出来他计划在飞机起飞不久就在阿拉伯海上空把这架飞机炸掉。

瓦里德·纳吉布在墙上摸了摸，从一个金属盒子里抽出几张纸巾擦了擦手，然后步伐坚定地向安检区走去。这段路他熟记于心，这根手杖熟悉这一片地板上的每一块砖。他在这段路上来来回回走过十几遍，最开始有人引着他走，后来他自己走。

终于排到他安检了。不小心撞了后面正等着安检的乘客，他不好意思地和人家道歉。要过安检门了，首先需要把腰带摘掉。一位机场的工作人员走了过来，帮他把西装外套和公文包拿到一边。

几秒钟后，终于轮到他过装着金属探测器的安检门了。

（好了，我的开篇写完了。继续加油。对面的小狗叫了三声，向我示意它还要听。）

第二章

镜头现在转向了斯里兰卡的一座小型监狱。那位双目失明的恐怖分子还是被抓了，没有经过任何的司法程序，直接被送到了这座监狱。他没有被判死刑，但是在这个又脏又臭的牢房里关着，其痛苦程度不亚于让他去死。

监狱里为瓦里德·纳吉布提供了一套和尚服，衣服本来应该是红色的，但洗得次数多了有些褪色，都快变成橘色的了。

阿富汗同志知道这是这个国家的和尚穿的长袍，给犯人穿这种长袍是为了净化他们的灵魂。对他来说褪没褪色真的无关紧要，因为他又看不到。

监狱里会给每个新来的犯人发一包日常用品，里面有 1 张粗糙的餐巾纸，10 块小香皂（如果在洗澡的时候不小心把它们掉到地上，建议不要捡了）和 1 把塑料梳子。

属于瓦里德的这间牢房只有 7 平方米。因为他年纪大了，还双目失明，所以只另外安排了一个犯人和他同住。剩下的那些犯人基本上都是4个或5个人一间。监狱的地方不是很宽裕。

他的室友叫德瓦那皮亚。

“你好，我叫德瓦那皮亚，和阿努拉德普勒的创建者，僧伽罗人的领袖德瓦那皮亚·蒂萨[1]同名。外国来的朋友，很荣幸见到你。”

这位斯里兰卡人热情地向新来的朋友伸出了手。新来的朋友没有任何反应。看到这位外国朋友脸上的墨镜，德瓦那皮亚明白了，这位朋友是盲人。

阿富汗人会说一点儿僧伽罗语（这种语言颤音强悍，多咯咯声），这给两个室友之间的初步交流提供了基础。随后，阿德老师开始教瓦里德学习僧伽罗语。反正他们有的是时间。没过多久，两人已经能够就世界上很多重大问题，比如神啊，比如传播神的福音啊这种高大上的问题进行深入交流了。

斯里兰卡朋友虽然对自己室友的激进思想并不赞同，但仍然表示人们应该遵循自己的信仰和宗教，现在西方逐渐丧失信仰，这样下去结果只会是打破世界上很多现有的平衡。其他的星球上都没有宗教信仰，这说明一个问题：地球之外没有生命。这是肯定的！

1 Devanampia Tissa。

一天早晨，洗完澡回到囚室，双目失明的瓦里德问德瓦那皮亚他们的囚室里有没有窗户。听他这么问，斯里兰卡人以为他的朋友要越狱。

“我经常能听到城市的喧嚣、汽车的马达声、自行车铃声，还能闻到市场上柿子椒的味道。你有幸亲眼看到这些，看到世界真实的样子，你能给我讲讲透过窗户看到什么了吗？这将会给我很大的安慰。”

从那一天开始，阿德每天早晨都会给瓦里德讲讲窗子外面发生的事情。他告诉瓦里德，他们囚室的窗子外有 3 根很粗的铁栏杆，但是还好，不太影响视线，能看到监狱前广场上的集市。广场中间，有很多摊位，每个摊位上都支着遮阳伞，挡雨遮光。摊主们在一个个大木盘上摆满色彩斑斓的食物。逛集市的人络绎不绝。广场上欢乐的气氛让人忘了几米之外，高高的石墙内，还关着 100 多名囚犯。

广场的左侧有一栋大房子，房子的主人一定非常富有。踮起脚尖，可以看到房子旁边有一座游泳池。一位欧洲女士经常在那儿裸泳，皮肤光洁白皙。但是从泳池里出来，她的身影就会迅速地消失在一片高高的树林里。这些碍眼的树存在的意义一定是为了保护主人的隐私，但它们的存在也更加刺激了囚徒们的遐想。

广场右边是一个火车站，火车进站时刹车的“吱吱声”不绝于耳。

在监狱和集市之间，有一条大街，路上行驶的车五花八门。有牛车，有现代化的汽车，有运货的卡车，还有挤成沙丁鱼罐头一样的公交车。自行车遍地都是，车上都带着人，有的甚至带了两个人，英国人倒卖到这儿的轻便摩托也不少。还有许许多多的行人，熙熙攘攘。

斯里兰卡人阿德用自己充满想象力的丰富词汇，巨细无遗地描绘着栏杆外面的世界。瓦里德向他请教一个生词的时候，他会暂停描绘外面的情景，当几分钟语言学教授。

瓦里德把听到的东西都牢牢记住。

他每天都会向阿德问一问那个欧洲女人的消息。

“她今天没游泳吗？”

“没游，她好几天都没露面了。”

“集市上右边第三个摊位的大耳朵胖摊主，他今天把饼都卖完了吗？”

“都卖完了。他妻子留了一条很长的大辫子，这会儿正在她旁边的炉子上做饭呢，可千万别烧了头发。”

“我闻到味儿了（饼的香味儿，不是头发烧焦的味道），嗯，闻起来就有食欲。”

他把监狱里提供的破土豆放在鼻子底下，深深地闻了闻，想象这就是市场上那个大辫子女士烙的柿子椒饼。

两个好室友就这么过着他们的小日子。瓦里德的僧伽罗语说得越来越好了，阿德觉得自己是瓦里德的眼睛，让他看到外面的世界，给他带来生机，心里全是助人为乐的满足和快乐。

慢慢地，两人结下了深厚的友谊。

狱中的日子就在阿德准确生动的描述中慢慢过去。雨天，集市上的各个摊位上会撑起各式各样的遮雨棚，层层叠叠的雨棚遮住了雨，也遮住了阿德的视线。哪怕是在这样的雨天，或是在集市歇市的周二，瓦里德也会让阿德给他描绘一下外面的风景。

一天，阿德踮起脚尖，紧紧地抓住窗外的栏杆，一边向外看一边给自己的室友讲述刚刚发生的一件怪事——

“有一个四十岁上下的男子，留着胡子，穿着白色的衬衣和浅褐色的裤子，拄着双拐正在过马路（像个疯子似的不管不顾，横冲直撞），这时一辆黄色的和纽约出租车似的车子朝他冲了过去。看到车子失去了控制，这位腿脚不便的朋友突然抛下双拐，一口气就跑到了他对面监狱这边的人行道上，避开了车子。真令人难以置信！”

“上帝乘出租出游！”瓦里德惊奇地说。在监狱里，他是不允许叫真神阿拉的。

“真是个奇迹！”

阿富汗朋友的右手紧紧攥住了自己的长袍，用衣料摩挲着自己的腿。

“然后呢？快说说，现在怎么样了？”

“现在那儿聚了一堆人。因为是在咱们这边的人行道上，所以我几乎什么都看不到。视线被看守塔挡住了。出现了一点儿骚乱，监狱的警卫们都去街上了。”

“好，太好了。”瓦里德低声说。

那天，再没有别的有意思的事情了。

第三章

监狱里的卫生条件相当于没有卫生条件。甚至连洗澡的时候喷头里流出来的水都是浑浊的，还带着沙子。所有的囚室里都有蟑螂，犯人们没日没夜地咳嗽。走廊和其他公共区域都弥漫着臭味。厕所总是堵，哪怕不堵的时候，便池里可疑的淡黄色液体也会溢出来，流到布满裂痕的地砖上。囚犯们穿着凉鞋或者直接光着脚走在满是自己排泄物的污水中，像是被关在笼子里的动物。

每天，囚犯们都有几个小时的时间可以走出囚室到院子里活动活动。这天，阿德和瓦里德活动完往回走的时候，阿德突然倒在了瓦里德怀里，这之前，他已经连续咳嗽几个星期了。

医生很快赶了过来。他一到，就给这个年轻的斯里兰卡人做了检查。当他从阿德身上拿开听诊器的时候，轻轻地摇了摇头。两个身材结实的小伙子把他的尸体拖走了，走廊的地上依然溢满了可疑的淡黄色液体，阿德的尸体划出了一道水纹。

瓦里德十分担心，他向一个正好路过走廊的狱友询问他的朋友怎么样了，狱友告诉他阿德死了。

（我不知道盲人会不会流泪，我得去查证一下。如果会流泪的话，瓦里德会泪流满面。我正想着这个问题，对面的小狗不耐烦地叫了三声，提醒我得继续创作了。）

瓦里德哭了。（有待查证。）

那天晚上，他似乎流干了自己所有的眼泪，似乎在他的家乡阿富汗都能听到他的抽泣声。他刚刚交了一个朋友，在这个监狱里唯一的朋友，可是却这么快就失去了他，同时，也失去了窗外的趣事。在这种情形下，监狱对他来说马上就会变成地狱。

第四章

瓦里德·纳吉布还不适应没有阿德，只有自己一个人的囚室。但是没过几天，囚室那扇“吱吱”作响的厚重的木门就被打开了。

“照理说应该让你住单间，”狱卒说，“但是我们这儿没有那么大的地方。希望你们能好好相处。”

最后一句话说得像是他知道瓦里德的新室友是个什么样的人物似的，可听他的语气应该不是什么好事儿，但瓦里德并不在意。

囚室的木门再次关上了，房间里一片死寂。瓦里德率先开口打破沉默，像是要先下手为强，好摆脱预料中的悲惨命运。他做了自我介绍，特别说明自己是个盲人，对方向自己自我介绍的时候可能得费点儿劲。

瓦里德一番话说完，对面的新室友并没有搭话。

草垫上的稻草发出“咯吱咯吱”的声音，像是有人在嚼生菜叶。新来的这位应该是躺下了。很快，他就睡着了，因为瓦里德听到了沉重的呼吸声，像熊的鼾声似的。他觉得这位新室友可能是太累了，于是他没有再去打扰他。

几个小时过去了，到了开饭的时间，瓦里德的新室友醒了，开始吃饭。瓦里德能清晰地听到他咀嚼的声音和打饱嗝的声音，就像在对方的肚子里一样。借这个机会，瓦里德又开口了。

“如果刚才我说了什么让你不高兴的话，请别见怪。我是个盲人，看不到你的表情。如果你什么都不说，我会害怕，我不知道自己和谁共处一室。如果我们彼此认识的话，时间会过得快得多。总之，我说的……”

新室友仍然没有答话。

瓦里德的耳朵里仍然是对方吃东西的声音，还伴随着长筒靴涉水的声音。他感到有些奇怪，于是站起身，向前摸索着，直到摸到了新室友温热的皮肤。囚室里咀嚼的声音突然停止了。

“别乱摸，老不正经的。”瓦里德的新室友用僧伽罗语大叫，语气严肃毫不友善，“上一个敢这么对我的人早就被我杀了。”

瓦里德像摸到了火苗一样，第一时间把手收了回来。

“不是的，你别误会。我是个盲人，这样做只是想引起你的注意而已。因为从你进到这间屋子，一句话也没说。”

“你不用费事儿和我说话，”新室友打断了瓦里德的话，“我是个聋子。”

瓦里德一听这话，立刻有种晴天霹雳的感觉。

瓦里德的这位新室友叫塔尔古，有两米高，一身的肌肉，还挺着个将军肚。两撇黑色的胡子遮住了半张脸，像是在说："这张嘴里不会吐出一个词。"所有给他诊断过的医生都说他的情况不太乐观，但是他自己努力地练习发音，打破了医生的铁口直断，所以他只是听不到（发音能练习，听力实在没有办法），说话没问题。

刚进到这间囚室的时候，他第一时间注意到了从今以后自己要朝夕相对的室友居然戴着一副太阳镜，他觉得奇怪极了。囚室里几乎不进阳光，似乎没有太阳镜的用武之地啊。

这副墨镜加上到处乱摸的手，在塔尔古看来，瓦里德百分之九十不是好人。这家伙肯定被关在这破地方好长时间了，太久没见过异性，荷尔蒙失调，看吧，审美观都扭曲了，居然能把一个身高两米，体重180公斤，还胡子拉碴的壮汉当一个二十岁的花季美女来摸。

但马上他就知道真相了。墨镜，到处摸索的举动，床边白色的手杖，这一切都在告诉反应迟钝的塔尔古他这位室友是个盲人。

"一个聋子，一个瞎子，还真是绝配！"塔尔古自言自语道。

天渐渐地黑了，监狱里响起了鼓声，要开饭了。塔尔古从床上起来，朝对面的室友走去。瓦里德这会儿面朝天花板，嘴里不停地念叨着，看起来像是陷入了妄想，要不就是在虔诚地念经。

“我叫塔尔古。”聋子朋友的语言十分简练。

还好，这壮汉不是个坏家伙。

（接下来会发生什么呢？灵感灵感，赶快来，对面的小狗又叫了，它在催我了。）

一眨眼的工夫，瓦里德和塔尔古便成了朋友。因为他们都和其他那些囚犯不同，这种特殊拉近了两人之间的距离。一个看不到，一个听不着。从某种意义上来说，他们两个在一起是互补的。一个人看不到，另一个人替他看，把自己看到的描绘给他；一个听不到，另一个替他听，把自己听到的复述给他。

塔尔古第一次看到盲人写字。瓦里德一手摸着纸板的边儿（怕写到纸片外面），一手写字，尽可能地往小写。写出来的句子消失在纸板的各个方向，呈放射状分布。

瓦里德对阿德的离开不能释怀，一天比一天难过。他是那么想念阿德。终于在一个早晨，瓦里德向自己的新室友提出了同样的请求。

他写道：“跟我说说窗外的情形好吗？”

阿德离开之后，瓦里德很久没听到外面的消息了，心里有一堆问题迫切地需要答案。刚才瓦里德不是在念经（尽管塔尔古是这样认为的），他是在重温阿德给他讲的外面的情景，把自己脑海里有关的记忆讲给自己听，幻想着自己刚来监狱的时候阿德给自己描绘的街景，好像自己亲眼看到的一样。

立春的这一天，塔尔古艰难地读着瓦里德写给他的话——硬纸片儿上的字十分潦草。瓦里德的僧伽罗语说得不错，但写得真是让人不敢恭维。

“瓦里德，你写得比很多当地人写得都好。有些小错误，不过可以理解。但是，说真的，我不太明白你想说什么。你好好说说，我一定满足你的愿望。”

塔尔古有时候说话的语气和东方神话故事中的神仙似的，瓦里德只是又敲了敲硬纸片儿，像是在强调自己的问题。

“窗外是一堵墙。”塔尔古说道，“是一堵砖墙，没什么可看的。”

瓦里德瞬间愣住了。

“什么？”

仿佛有一只无形的手把瓦里德瞬间变成了一座石雕。

他缓缓地低下了头。

他的世界颠覆了。

他明白了，一切都是阿德为了让他高兴编出来的。阿德是个无私的人，是个助人为乐的好人。这一切都是出于爱，出于他们之间的友谊，出于阿德的善良。

（好了，衬衣的前片儿和袖子已经密密麻麻都是字了，后片儿也马上就写满了。没有地方可以落笔了，其实也没什么可写的了，但是得重新校对一下。总的来说，作为处女作，这本书应该算是不错了。）

把自己的灵感落笔成书值得骄傲，这种骄傲和自豪让我们的魔术师再一次受到了心灵的冲击。从这次买床的旅程开始，这已经是第三次冲击了。他觉得自己的故事很棒，他决定等有机会的时候一定得把自己的大作誊写到纸上，以后好出版。不管这趟航班的目的地是哪里，只要一着陆，他立即就誊写。当然，誊写之前得先给玛丽打个电话。他想打这个电话已经想疯了。

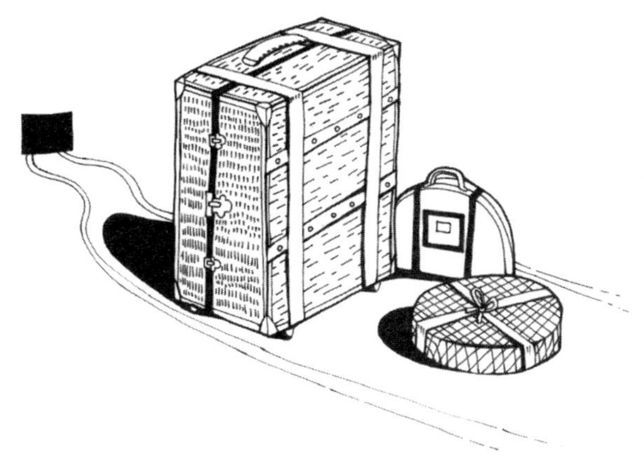

意大利篇

“我就是这么阴差阳错地进了您的箱子，女士。”阿贾总结道，脸上的微笑显得很勉强。

在巴塞罗那进了一个箱子，出箱子的时候已经到了罗马，真是比他变过的最好的戏法还神奇。任何一个魔术师都变不出这么神奇的魔术。

对面的年轻女士有着迷人的绿色眼眸，浅褐色的头发。此刻，她强忍着吼叫的冲动，认真地打量着眼前的不速之客，探究的目光里满是惊奇和怀疑。这会儿还好，她已经比刚打开箱子的时候平静多了，至少没有再歇斯底里地尖叫出声。她放下了自己抓在手里当武器的床头灯，她能听出对面陌生男子的语气无比地真诚。再说，一个人怎么能把故事编得这么长，这么圆满呢？

“我马上就从这间卧室出去，不会再打扰您了。永远不会再出现在您的生活中。但是在此之前，我想问您一个问题。”

“你说吧。”苏菲的英语说得有点儿结巴，但是语音十分地道，无可挑剔。

“我们现在是在哪儿？这是最近两天我第四次问这个问题了。我想您能理解，不知道自己置身何地真是让人难受……”

“在罗马的帕尔科中保普林奇皮大酒店[1]。”苏菲·猫索回答说。

“您的意思是我们是在意大利的罗马？”

“是的。意大利的罗马。”苏菲又帮他确认了一下，“你还知道其他叫罗马的地方吗？”

“不知道。”

眼前的男人看起来没什么攻击性，现在的局面真是太有意思了，这位银幕佳人不禁笑了。她原本以为是个精神失常的影迷，现在她放心了，深深地出了一口气。

1 The Parco dei Principi Grand Hotel。

她打量着眼前的印度朋友，高大、瘦削，脸上被青春痘搞得坑坑包包的，脸上的两撇大胡子有着浓重的《虎警大队》[1]风格。身上穿的白衬衣皱得厉害，上面有很多密密麻麻的小字。应该是用铅笔写的，字很潦草。

“这是什么？”苏菲指着他的衬衣问。

“这个吗？是用铅笔写的。宜家的铅笔。确切地说，是我刚写的小说，可以说是我的处女作，完全在黑暗中创作的。”

“看来你习惯在衬衣上写书？”

“难道你更喜欢让我在你的那些衬衣上创作吗？”

苏菲扑哧一声笑了出来。然后，她转身来到了敞开的箱子前，真是空空如也啊。

“我想我的那些衣服应该都被留在了巴塞罗那。如果没理解错的话，我真是没有衣服穿了。”

阿贾低下头，像个犯了错误的孩子。他没有勇气告诉苏菲，自己裤兜里藏了一条她的三角内裤。

“我也没什么可穿的。”他只能这么说。

在达玛尔那儿租来的西装、衬衣、领带，多拉风的一身，但是现在没有一丝原来的风采了。外套和领带落在法国了，

1 20 世纪 20 年代的警匪片，里面的人物都留着两撇大胡子。

衬衣上写满了密密麻麻的字。

“没什么，反正我也不喜欢那些裙子。”苏菲言不由衷，“我们现在是在古奇和范思哲的国度啊！”她已经决定要去这些名品店大肆血拼一番，“买到点儿合心意的东西应该没什么问题吧？”

“我想是这样的。”阿贾一直不知道怎么回答反问句。

“你晚上有什么打算？你的下一个衣柜之旅什么时候启程？”

第一次，没用什么心机，没耍什么把戏，只是实话实说，却有人这么相信自己。这些所谓的“美好国度”真像是一盒巧克力，永远让人感到惊奇。在这儿，迎接你的不是只有严肃的边警。有那么一瞬间，这种被信任的感动甚至冲淡了他的乡愁。

从这次买床的旅程开始，这已经是我们的魔术师朋友第四次经历这种直击灵魂的冲击了。还是有人会对他伸出援手的，而他什么时候能给予别人帮助呢？

眼前这个印度人的经历打动了苏菲·猫索，她提出让他和自己一起度过这个夜晚。他是这么富有异国风情，这么与众不同，这么坦率诚恳，让她忘了晚上还要参加一个商业秀。从自己开始出演那些美国大片以后，就经常会出席这类的商业秀，那种场合里接触到的那些所谓的知名人士，都有各种肤浅，各种虚伪。另外，她对眼前这位印度朋友的说辞将信将疑。她更倾向于把阿贾想象成一个被印度政府通缉的政治性作家，千辛万苦地偷渡到欧洲寻求庇护，这个版本更吸引眼球。

苏菲·猫索来意大利是为了参加拉丁电影节。她下榻的这家酒店是意大利最高的建筑，而且就坐落在有“罗马之肺”之称的波各赛公园后面。

帕尔科中保普林奇皮大酒店及水疗中心对于阿贾来说太贵了，于是苏菲邀请他住到自己隔壁的605房间。为了保证苏菲不受打扰，这一层的十几间房间都被她的经纪人订下了。

在箱子里窝了一路，之后就能在罗马最豪华的酒店里享受一晚，尤其隔壁还住着一位世界顶级美女，这桩买卖真是太值了。但是阿贾心里却产生了些许的负罪感。这个时候，维拉热和他的朋友们肯定没有自己这么好的运气。他想，他们现在应该是在一辆穿越法国与西班牙边境的运货卡车里，一边吃着罐头和巧克力饼干，一边向往着他们的“美好国度”，但是前方等待他们的可能是被警察再次逮捕。

如果不知道接下来的十分钟会发生什么的话，印度朋友对现在的状况还是很满意的。其实现在，他应该在飞机上，在飞往印度的飞机上。阴错阳差，他没能乘上这班飞机，但很奇怪，他心里并不觉得遗憾。至少现在，他觉得血压降下来点儿了。他告诉自己这是一次神奇的旅行，旅程中见到了很多不可思议的人。应该好好地享受这种快乐，因为过不了一会儿，自己就会被无处可寄的乡情折磨得身心俱疲，莫名其妙地被空运到了离家那么远的地方，颠沛流离，漂泊不定，让他感到疲惫消沉。

隔着小半个地球，他想着自己的表弟。他多么希望能和表弟共同分享那些激动人心的时刻，但是，如果他们两人在一起的话，这一连串的事情也就不会发生了。而且，苏菲的名品皮箱里也确实装不下两个人。没关系，等他回去的时候会给表弟好好讲讲这一切的，如果他有朝一日能回去的话。要是能把自己的这些经历一点儿一点儿地讲给家人听该多好啊。两天里，他在欧洲看到了自己 38 年都没有见过的东西，要是当时没有钻进宜家的那个衣柜的话，他也许永远也不会有机会见到这些。有句话怎么说来着，生命有时往往取决于一点儿小事，一些最司空见惯的地方有时却是一段奇幻旅程的起点。

一进自己的豪华套间，阿贾就迫不及待地跳到了床上，去试试床舒不舒服。“再见了，我放荡不羁、招摇撞骗的生活，我已经志不在此了，我还有其他的事情要做。我要去帮助别人，去出版自己的书，去见玛丽。”

阿贾对床垫很满意，从床上起来进了浴室。浴室里有一个超大的白色浴缸，连水龙头都是镀金的。洗个热水澡对自己的新生活来说是个不错的开始。洗洗澡，洗掉自己之前所有的罪恶。

一个小时之后，他穿着洁白柔软的浴衣从浴室里出来了。他发现床上整齐地放着一摞衣服。帅气的栗色衬衫，米色的长裤，本白色的棉袜，奶白色的皮鞋。颜色搭配得比 Pantone 色卡都牛。床头柜上有一张便条，上面的字体优雅而柔美——“一个小时后我在大厅等你。”

阿贾赶忙脱掉浴袍，试试这套新行头。非常合身，简直就像是为他量身定做的一样。他不是穿着打扮的行家，但是他能看出来袖子不长不短正合适，裤脚的高度和鞋面也配合得天衣无缝。

阿贾来到房间里那面巨大的茶色镜子前，定睛地看着镜子，简直快要认不出镜子中的自己了。他怔住了。这回，他真的像极了一位富有的印度实业家。多么优雅啊！很难相信镜子里这个贵气逼人的朋友就是自己。他觉得自己简直帅呆了。要是这会儿手里有个相机就好了，他一定马上给自己拍张照片，然后寄给玛丽。但是他既没有相机也没有玛丽的地址。再说了，这身行头也是骗人的。他没有和这身行头匹配的一切。名表、电脑、手机、车子、房子、瑞士的银行账户，他什么都没有。为什么苏菲对他如此慷慨呢？他对她来说只是个陌生人罢了。他一直没有机会去帮助别人，他在心里琢磨着谁会是自己第一个帮助的人呢？

他看到了自己的脸。又向前靠近了镜子一步，他觉得镜子里这幅美好的画面似乎还有改进的空间，或者说还有多余的东西。

人生中的第一次，印度朋友从自己厚厚的嘴唇上取下了唇环，然后刮掉了胡子（比在印度被判剃胡子刑罚时刮得要细致得多）。这是一次华丽的变身。魔术师已经消失在浴室的水汽中，一位作家诞生了。

在赴约去大厅见苏菲之前的不到半个小时里，阿贾决定了，他要给玛丽打电话。在飞机上他就向自己保证过，一旦飞机落地他就给玛丽打电话，现在他要实现自己许下的诺言了。他后悔自己没像亚力丹纳普表兄似的，买个手机带在身上。当时他对外宣称没必要，还有一部分原因是他没有那么多钱，但更重要的是，事实上他没有什么可联系的人。于是，他觉得有养母家的固定电话就足够了。

他打电话给前台，请他们帮忙接通玛丽写在口香糖纸上的电话。

电话接通了，阿贾的心都快跳出来了。他该说点儿什么呢？她还记得他吗？她在听他说话吗？

这些问题都没有答案，因为电话那边无人接听。他松了一口气，但更多的是失望，他可乐色的眼睛里充满悲伤。他渴望再见到玛丽。他打定主意了。当时他拒绝了她的主动亲近，她会怎么看他呢？他不想和她纠缠，怕影响自己的“正事”。但是到底是什么“正事”呢？现在他成了一名小说家，所以买那张钉钉床对他来说已经不重要了吗？或许是他不耐烦拆那些隔板。15 000 个钉子，得用不少的时间。还好，他没买那张没用的钉钉床。

自己怎么就那么傻呢？阿贾想到了瓷娃娃一样的玛丽，她白皙修长的手碰到自己手掌的时候是多么激动人心，但是他退却了。他再也不会有这样的机会了。

他慢慢地在房间里走着，想找自己原来的那件衬衫。他记得自己在洗澡之前把它小心地放到了浴盆边上。拿着衬衫，他坐到了写字台前。

拿了一大张纸，一支酒店提供的便笺笔，阿贾开始认真地誊抄自己在机舱里的创作。有些地方辨认起来很费劲。就当时那伸手不见五指的情况而言，写成这样绝对无可厚非。他知道自己性格有点儿急躁，于是一边写，一边用一根手指摸索着，以防写不到衬衫上。字母写得很小，有些地方的字迹都被磨掉了，他的大作千疮百孔。但没关系，他是个作家嘛，总能找到合适的词填上去，实在不行他还可以进行局部的重新创作。

他想着机舱里的那只小狗，也不知道它现在怎么样了，那是自己的第一个听众。整个旅程一直处在黑暗中，直到飞机降落，他钻回箱子，阿贾始终没有看到这位动物朋友的脸。这位动物朋友也不会想到自己陪着阿贾走过了他生命中至关重要的几小时——阿贾作为魔术师的最后几小时，以及他作为作家的最初几小时，它在机舱里见证了阿贾达沙特胡从魔术师到作家的蜕变。

这位来自印度拉贾斯坦邦的朋友抬头看向窗外，阳光渐渐地消失在公园的树丛中。时间过得真快。他放下笔，迅速地站起身。等会儿再继续誊写吧。第一次这么有情调的约会，他可一点儿也不想迟到。

古斯塔夫·帕鲁尔德看到了行李传送带旁被扔在地上的一堆大牌服饰，他明白了，自己正在找的这个浑蛋一定是把一个箱子掏空了，然后自己钻进去躲了起来。这个时候，印度朋友应该正在机场的跑道上，马上就要被送上去意大利的飞机了。

帕鲁尔德应该让他的茨冈小兄弟，那个叫汤姆·克鲁斯·耶稣的，让他开车把自己送到那架飞机那儿。他应该把所有行李舱都侦查一遍，用他那把象牙柄的欧皮耐尔小刀把每个行李包都扎一遍，他的敌人肯定不能幸免，必然会挨刀。

但是他没有这么做，他有个更好的主意。

并不是所有的机舱都是增压舱，气压正常、温度合适，当然，这也和飞机型号有关。但那个印度浑蛋在飞行过程中变成一个冰块的可能性很大。他的茨冈小兄弟肯定地和他说，一般客机的飞行高度是 36 000 英尺（约等于 11 公里），在这样的高度，温度会下降到零下 56.5 摄氏度。为了节约能源，不是所有的机舱都会开热风调节温度，所以我们下飞机从行李传送带上取行李的时候会发现，行李很多时候都是凉凉的。

如果那个印度人所在的机舱不是增压舱的话，那就更没什么好担心的了。随着飞机高度的上升，舱内气压降低，这种压力的变化会让那个浑蛋的脑袋开花。

古斯塔夫是个有先见之明的人。万一这个印度骗子侥幸只是被冻个半死（就像在飞机的着陆舱里发现的那些执着的非洲和南美偷渡者一样），他会在罗马好好招待一下他。古斯塔夫的表弟吉诺是个职业理发师，已经在罗马混了好多年了。

但是，首先得弄清楚印度骗子藏身的那个箱子的具体去向，因为罗马太大了。他明智地把这项调查委派给了自己的同伙——帕鲁尔德夫人。就像运行李的西班牙小伙发现那堆衣服时说的，这些衣服的主人应该是个有钱人，要不就是位知名要员，或者是位有钱的知名要员。帕鲁尔德夫人是人物类杂志的忠实读者，认识整个地球上的所有有钱人，所有知名要员，当然了，更认识所有有钱的知名要员。只要看看这些衣服，她就能从一些蛛丝马迹上判断出衣服的主人是哪位，就像向日葵教授的摆钟准确地指引着丁丁找到了七个水晶球一样[1]。

1　向日葵教授和丁丁是《丁丁历险记》中的人物，这个比喻出自《丁丁历险记》中《七个水晶球》的故事。

茨冈出租车司机师傅找到自己妻子的时候，后者正和他们的女儿坐在航站楼里一家酒吧的露天座位里等他。帕鲁尔德走过去，把自己从那堆衣服里拿出来的几件交给了妻子。

“我的天啊！”帕鲁尔德夫人看着一条纯黑色镶水钻的裙子惊叫出声，“这不是苏菲·猫索的裙子吗？！”

她认出这条V领的礼服裙正是著名影星苏菲·猫索在去年5月的戛纳电影节上亮相时穿的那条。

她拿着裙子，先用大拇指量了量裙子的尺寸，然后又双手并用继续量，像一位女裁缝在检验自己刚刚完成的衣服。尺寸对得上，应该就是苏菲的。听完丈夫给自己解释了这堆衣服的来历，帕鲁尔德夫人确定地宣布，这些衣服十分有可能就是这位女明星的。而此时，他们的女儿正和那个搬行李的西班牙小伙调情呢。

“这些衣服是苏菲·猫索的。我女儿居然在和那个搬行李的西班牙小子调情！嘘……”

说着，古斯塔夫夫人挥挥胳膊，像轰苍蝇似的，当然，更像是要吓唬吓唬敢当着自己面就和别人调情的女儿。

“好了，好了。”古斯塔夫边说，边搓了搓戴满金戒指的手指，“汤姆·克鲁斯·耶稣，现在该你了。”

“不好意思，你说什么？”西班牙小伙的注意力根本没在他身上，听到有人叫自己的名字，便问了一句。

因为汤姆在机场工作，所以对他来说去确认一下飞往罗马菲乌米奇诺机场的旅客名单上有没有苏菲·猫索的名字应该不会太难。如果有的话，那就更简单了，直接去查一下她的经纪人给她订的接机服务，就能知道她在罗马下榻到哪家酒店，查到这儿就行了，汤姆的任务就结束了。

“你完全明白了吗？”古斯塔夫边说，边把自己女儿的手从汤姆的手中抽了出来，“把这些都搞清楚了，自然会有你的好处。”说着，对米兰达·杰西卡点了点头。

“这些对我来说不是问题。”西班牙小伙兴高采烈，干劲儿十足。

“那太好了。等你都打听清楚了就来我们家吃晚饭吧，我们在巴塞罗尼塔[1]海滩有套小公寓。”

说完，古斯塔夫把妻子那杯啤酒下面的杯垫儿拿了出来，在上面写了一个地址。

“Hasta luego[2]。”

帕鲁尔德母女从座位上起身，帕鲁尔德先生重新拎起了

1 Barceloneta，巴塞罗那著名的七片海滩之一。

2 西班牙语，意为再见。

冰箱。

“阿古，我能把这些衣服都留下吗？”沙亚娜指着那堆衣服说。

“亲爱的，这是给你的礼物。”出租车司机师傅已经开始幻想自己的妻子穿上苏菲·猫索这些精致内衣的样子了。

“阿古，我真是太爱你了！你将看到你性感的小妻子……”

帕鲁尔德夫人拿了一条粉红色的罗马式长裙套在她那件印花浴袍外面。还行，和运动裤及凉鞋的颜色还蛮配的。真是高端、大气、上档次！

梅赛德斯·沙亚娜已经开始想象自己穿着这些新裙子在沙滩上漫步的场景了。

而她的女儿杰西卡此时则想着怎么才能从她那儿把那些性感的衣服都偷出来，好去诱惑那个帅气的西班牙小伙。她早把凯文·耶稣忘到脑后了。

帕鲁尔德先生则幻想着好好扎那个印度骗子几下，就像烤蛋挞的时候要把面皮扎破，省得它鼓得太高，给那个印度骗子点儿教训，省得他那么嚣张，连茨冈人都敢骗。

汤姆·克鲁斯·耶稣，这个西班牙小伙也想和《碟中谍》中那个美国的汤姆·克鲁斯一样超能高效，那样的话，应该能赢得这个法国姑娘的芳心。

弄一条新的礼服裙对苏菲·猫索来说是小事一桩。她来到大厅赴约的时候真是艳光四射。一袭灰色的裹胸礼服让她显得更加高挑、优雅，浓密的浅褐色头发里别着一个不大的水钻发夹，低调而精致。

阿贾很快就适应了这家意大利高级酒店的奢华景象。苏菲来到大厅的时候他正在那儿像读天书一样研究一份意大利报纸。魔术师朋友抬起头，可乐色的眼睛望向苏菲。两人眼光在空中交汇，顿时火花四射，就像往杯子里倒苏打水的时候往外冒小气泡似的，噼里啪啦的。

“你真是光彩照人。”

“谢谢。你看起来也没有那么糟了。把胡子刮了，显得年轻多了。你是不是把头巾也去掉，有点儿脏了。”

“我从来都不会把头巾摘掉，即使是在女士面前。”印度朋友说这话的时候颇有点儿英国花花公子的味道。

说是这么说，可是他心里觉得在见玛丽之前还是应该把头巾取掉。说不定所有法国女人都一个思维呢，他可不想给玛丽留下个不好的印象。因为玛丽深深地触动了他的心弦。

这时候，一位白人男子朝苏菲这边走了过来。这个胖乎乎的男子穿着一件宽大的白色亚麻外套，看起来既像印度宗教领袖，又像救护车上的医生，总之，穿得不伦不类，让人觉得不可思议。

“快点儿，苏菲，我们快来不及了。”胖男人说的这种语言阿贾不懂，但是他觉得应该是法语。

“埃尔维，给你介绍一下，这位是我的朋友 Ajatashatru Lavash。Ajatashatru，let me introduce you to Hervé，my manager.”（阿贾达沙特胡，这位是我的经纪人，埃尔维。）

阿贾身体前倾，和来人握了握手。胖男人的手很大，摸起来软软的、潮潮的。

“洞洞猫和牛[1]？”胖胖的法国男子一边重复着印度朋友的名字，一边寻思着这得思想多扭曲的父母才能给自己的孩子起个这样的名字啊。“见到你很高兴！”

说完，这个法国胖男搂住苏菲向门口走去，对阿贾没有过多地关注。

“阿贾达沙特胡，和我们一起去吧。”苏菲大声说道，之前她约阿贾的时候，压根儿没考虑到自己的经纪人会来。

“苏菲，这场宴会很重要。我们得争取到贝卡西尼下部片子里的那个角色。”

“不能说‘我们’，应该说是‘我’。”苏菲·猫索纠正道。

1　此句的法语原文为 La chatte à trous la vache，读音同 Ajatashatru。

如果苏菲的眼睛能发出激光的话，她的胖经纪人身上的那堆肥肉肯定当即化了，比去 Weight Watchers[1] 减肥还快。

阿贾只会那么几个法语词，都是每年圣诞节的时候印度电视里经常播的那些，比如“eau de toilette pour l’ homme（男士香水）,eau de toilette pour la femme（女士香水）”或者“le nouveau parfum de Christian Dior（迪奥新款香水）”，但是现在，不用猜，他也知道面前的俩人争论的焦点是自己。心里有点儿不安，他追上去，用英语说道：“别这样，今天晚上我就待在酒店吧。我也挺累的，正好休息休息。窝在箱子里飞了一大圈真是让我筋疲力尽了，昨天晚上我几乎一夜没合眼。”

埃尔维懂一点儿英语，但是他不是很明白这位印度朋友口中的“窝在箱子里飞了一大圈”到底什么意思，肯定是英国人的一种说法，不过无所谓，这对他来说不重要，尤其是说这话的家伙居然叫洞洞猫和牛这种倒霉的名字，让他更不在意他说什么了。他把苏菲拉到一边，小声地问她这印度人是谁，是从哪儿冒出来的。苏菲告诉他，自己的这位朋友来自印度拉贾斯坦邦，是一位才华横溢的作家，

1 慧俪轻体，一家健康减重咨询机构。

但是在他的祖国却遭受迫害。听到苏菲说这印度人是从她的箱子里钻出来的，胖经纪人没理解，不过他也并不在意。

胖经纪人明白应该让这位印度朋友和他们同行。要不一起走，要不她就会留在酒店里，看着他们梦寐以求的那份合同就这么飞了。凭经验，他知道和这些任性的明星说不通。

晚上 8 点 30 分，出租车把他们送到了一座很大的建筑前，这座建筑是用石头砌成的，上面布满了鲜花，还爬着一根巨大的常春藤，前面有个很大的红白相间的牌子，上面写着：Il Gondoliere。是家意大利餐厅。

埃尔维和门口的侍者说了艾米丽·雪莉的名字，侍者点点头，像是在对暗号，只有内部人士才知道的暗号。他们被带进大厅，来到了一张精美的桌子前，这里是大厅的角落，隐蔽性很好。

五分钟后，两个看起来稀奇古怪的男人也来到了这张桌子前。阿贾知道两人之中比较高的那个叫米克·贾格尔·勒古尔特，是摇滚歌星；另外一个个子不高，身材胖胖的叫史蒂夫，看样子是他的经纪人，这位小史同志也有一双又软又湿的胖手。阿贾的视线不停地在埃尔维和这个史蒂夫之间来回移动，心里想着难道明星们的经纪人都是一个模子刻出来的？

“苏菲，见到你真荣幸。”摇滚歌星握住这位银幕佳人的玉手，行了个吻手礼。

如此优雅的举止和他的形象多有不符。破洞牛仔裤，各种装饰环，红色的头发，淡绿色的外套。这身装扮既像一个走江湖的魔术师，又像一个小丑。

当他把目光转向阿贾的时候，苏菲介绍说这是自己的一位新朋友。

“真不错，”这位荒诞的电影导演说道，“你们是怎么认识的？”

“他就这么出现在我的箱子里了，就这么简单。”

大家都笑了。

“我想您应该不是在箱子里出生的吧，这位先生？”

“我来自印度的拉贾斯坦邦。”众人都仰慕地看着他。

“真是有意思。您是做什么的呢？”米克·贾格尔的经纪人问道。

阿贾习惯性地想说“魔术师”，但是他现在已经不再是魔术师了。

“我是个作家。”

“他可是个与众不同的作家。”苏菲说，“他在自己的衬衫上创作。”

“哦，真的吗？真是别出心裁！”导演激动了，他就喜欢和他一样不走寻常路的人，“那您的衬衣出版了吗？”

印度朋友笑了。

“说实在的，我的创作生涯刚刚起步。”

“太神奇了，不是吗？让我们为了我们面前这位文学界即将升起的新星共同举杯！”

大家都举起了自己的香槟，只有阿贾的杯子里是水。

“你联系出版商了吗？”

“呃……还没。”

“埃尔维，我们是不是可以安排一下？”苏菲眨着眼睛对自己的经纪人放电。

埃尔维没有马上答应，他考虑了一下，最终还是同意了。他永远拒绝不了苏菲的请求。

“好吧，没问题。我有个出版社的熟人。明天一早你把你的手稿给我，我让他过来看看。”

“太好了！”苏菲高兴地给了埃尔维一个大大的拥抱，像一个刚刚如愿以偿的小姑娘。

之后，除签了一份重要的合同之外，这顿饭就没什么可提的了。饭后甜点有人要了夹心巧克力酥球，有人要了提拉米苏，又喝了会儿香槟，当然，阿贾达沙特胡喝的还是水。

简单地说，阿贾达沙特胡就是这样从一个走江湖的魔术师变成了一位作家，开始了他公众人物的新生活。除此之外，还见证了苏菲签约，这次的电影是史上投资最多的影片之一。由于本性难移，而且也很难在几秒钟的时间里忘记以前靠变戏法为生的生活，印度朋友忍不住了，在饭后大家享用甜品和咖啡的时候，拿着勺子和牙签给大家变了个小戏法，看着观众们意趣盎然的样子，阿贾满足了。

蜷缩在奢侈的全麻床单里，阿贾哭得像个孩子。他是那么疲惫，那么彷徨无助。总有一天他会支撑不住的。他陷入了一场未知的旅程，看不到旅程的终点。背井离乡，远离自己的亲人，这还不够，更惨的是还有一个记仇的暴力分子一直追在他身后。每次他的处境稍微变好一点儿，这个扫兴的恐怖分子就会出现。

这一切让这位孤独的魔术师心力交瘁。

他看着天花板。窗帘上方透过一丝光线，照亮了对面的墙。墙上挂着一幅耶稣·卡普拉[1]的画，画的是乡村风光。画中的两个人物，看穿着打扮应该是上个世纪的农民，正

1　Jesus Capilla。

在一捆干草前做沉思状。

印度朋友此时是那么羡慕画中这两位老农夫，他们是那么平静和安详。看着他们，他觉得自己心里好受多了。阿贾达沙特胡想穿越时间和空间的重重阻隔，待在他们的身边，就这么静静地，一动不动地待在他们的身边。就这么看一辈子那捆干草，和种种不快说再见。他知道，那个茨冈司机不会找到画儿里来，他不可能来到这片田野上。即使他能到这儿来，自己的农民朋友们也会用长柄叉来保护自己。

阿贾用床单擦擦眼睛。看着这幅画，他慢慢地平静下来，加上实在是累极了，他慢慢地进入了梦乡。

第二天早晨，阿贾睁开眼睛的时候已经是早晨 9 点 30 分了。他是被一个噩梦惊醒的。梦中，他的表兄亚力丹纳普变成了一个鲜红的西红柿，被穿在一根木棍上放在火上烤。一群茨冈人围在他旁边又唱又跳，欢乐无穷。亚力丹纳普痛苦地叫喊，但是没人理会他。只有阿贾似乎意识到了他的痛苦，但是阿贾自己也变成了一头牛，被穿在同一根木棍上，丝毫帮不上他可怜的表兄。

阿贾揉了揉眼睛，谢天谢地，他是在意大利的一家豪华酒店里，而不是在一盘马上就要被一群饥肠辘辘的茨冈人吃掉的西红柿沙拉里。他突然意识到自己昨天晚上应该出现在新德里机场，表兄亚力丹纳普怎么也不会想到自己阴差阳错地在欧洲兜了一大圈儿，现在居然在意大利呢。他可能还在新德里机场焦急地等着自己呢。当然，也有可能他现在已经怒火冲天了，毕竟这么久都没等到人确实不是什么愉快的经历。可以想象，回到印度以后，他死定了。说不定就和刚才在梦里一样，被穿成串，刷上橄榄油和蒜汁，放火上猛烤。当然，围着他跳舞的也从茨冈人变成了印度人。

阿贾打电话给前台，让他们帮忙转接一下养母斯兰格家的固定电话，这是他唯一知道的电话号码。他表兄天天换手机，阿贾真觉得没有必要记住他那些走马灯似的电话号码。

电话接通了，话筒里传来了养母的声音。听到是自己的宝贝阿贾打来的电话，她拿着话筒泣不成声。这些日子以来的担心似乎在一瞬间爆发了——她的小阿贾，他回来了吗？

“昨天晚上，你表哥在机场等了你一夜，”斯兰格一边擦眼泪，一边哽咽着说，“他到处打听，想知道你出了什么事儿。他们在机场查了你那趟航班的旅客名单。为什么你……还在巴黎呢，我的宝贝儿？你还好吧？”

斯兰格对阿贾说话的时候是那么慈爱，在她心里，他从来都是一个孩子。她的小宝贝儿，她用这种称呼来缩短和养子之间的距离，努力地让自己更像一位称职的亲生母亲。

“我离开巴黎了，亲爱的斯兰格。现在我在罗马。”

“罗马？”电话那头的女士年纪不小了，这个消息对她来说感觉很意外，一听罗马，惊得她连眼泪都止住了。

“说来话长。告诉亚力丹纳普我一切都好，我现在浪子回头，改行当作家了。过一阵子我就回去。”

阿贾最后这几句话让电话那头的养母不知道说什么好。浪子回头了？还当作家了？他说什么呢？在她眼里阿贾达沙特胡一直是个诚实的好孩子，哪里能和浪子沾得上边？他从小就有非同寻常的超能力。她突然想到他可能是失去了那种超能力，这样的话，他这种突然的、匪夷所思的转变就说得通了。但是为什么要当作家？而不是去跳狐步舞或者当个赛马骑师？

“不用担心我。”他不知道这句话会让自己的养母更加担心他了。

又说了几句安慰的话，随后阿贾便把电话挂了。拿起话筒，印度朋友又给前台打了过去，请他们帮忙接通玛丽给他的电话。“嘟嘟”几声之后，话筒里传来了玛丽的声音，听在阿贾耳中，宛若天籁。

“阿贾达沙特胡是你吗？你好吗？”

如果英语中有“您”和“你”这样的称谓的话，玛丽肯定会用“你”来称呼印度朋友的。

“是，是我。”

电话那头沉默了几秒，玛丽在脑海里描绘着他们上次见面的画面。

“你还在巴黎吗？”

“没在巴黎，在罗马呢。”

阿贾的回答让玛丽大吃一惊。在她的认知里，这位印度朋友不是在巴黎，就应该在印度那个叫火腿酸奶馅饼[1]的村庄里。

“在罗马？”

“职业需要。”阿贾说得很自然，好像说过无数遍似的，“我给你打电话是想说……”

他吞吞吐吐的，像一个初入情网的青涩少年。心跳加速是必然的，基本和电子说唱乐一个节奏，相当刺激。片刻

1　阿贾的家乡吉沙尼亚古尔（Kishanyagoor）法语谐音 Quiche-au-yagourt，意为火腿酸奶馅饼。

之后，终于稍微平缓了一点儿，变成维瓦尔第[1]的巴洛克节奏了。

“我想去巴黎见你。”

玛丽的心弦被深深地触动了，丘比特之箭仿佛准确地射进了她心底最柔软的位置。电话那边男人的声音是那么温柔低沉，仿佛他就在自己耳边轻柔地低语，玛丽在电话的另一端，满脸幸福的表情。她的脸变成了迷人的粉红色，还好，电话这边的阿贾看不到。她似乎一瞬间重新年轻了起来。“来见我？”她重复道。也许有点儿傻，但是已经很多年没有人如此温柔，如此贴心地对她说话了。她在夜店结识的那些年轻男子，从来没有要求和她再见面的。再者，他们也没有这么温柔，这么贴心。她对他们来说只是发泄欲望的对象。

“我喜欢和你聊天，喜欢和你一起大笑，喜欢你迷人的眼眸。”阿贾温柔地说，“我在罗马这边办点儿事儿，办完就过去。再见。”阿贾局促地结束了电话。

1 安东尼奥·卢奇奥·维瓦尔第（意大利语：Antonio Lucio Vivaldi，1678 — 1741），是一位意大利神父，也是巴洛克音乐作曲家，同时还是一名小提琴演奏家。其最著名的作品为《四季》。

这个电话让玛丽明白了，四十岁的熟女在宜家快餐厅和一个陌生人坠入情网也不是什么天方夜谭。也许很不理智，但是这一切是如此美妙！像是拥有了全世界。阿贾，对她来说是世界上最好的兴奋剂。她放下话筒，心里美得要命。

阿贾挂了电话。

他意识到就在几分钟前，他给前台打电话请他们帮忙接通电话的时候，自己一点儿也不知道要和玛丽说些什么。说他很好，说自己想她了。再说点儿什么呢？他只是履行在黑暗的机舱里许给自己的诺言：如果自己还活着，就打电话给她。就是这样。他不太习惯讲电话，尤其不习惯和女人讲电话。

但是他的心发出了自己的声音："我在罗马这边办点儿事儿，办完就过去。"他听见自己是这么说的。他过去？去哪儿？去巴黎？什么时候去，怎么去？他一无所知。还是些空话罢了，全是谎言！

怎么去巴黎？拿什么去巴黎？"我在罗马这边办点儿事儿，办完就过去。"说得轻巧，但是他哪来的钱来实现自己的诺言？对于一个手里连1卢比都没有的印度人，这趟旅程是那么奢侈，那么遥不可及。他只有苏菲送的这一身名牌行头罢了。

他几乎可以想象自己穿着这身名牌行头，坐在一辆运土豆的卡车里，车速一慢心就提到嗓子眼儿的感觉。不行，不能这样，得另想办法。

好了，一会儿再想吧。

他决定把这些问题先放一边，继续睡觉。

电话的另一边，玛丽放下话筒，心里美得要命。

她静静地看着对面的墙，久久不语。

“玛丽，你还好吧？”

她抬头看了看这个男子，他们是几个小时前在附近超市的酸奶冷柜前认识的，他只有二十五岁，年轻俊美。情事之后，他就这么躺在床上，嘴里叼着根烟，皱着眉头，全神贯注地看着詹姆斯·迪恩的电影。

“你回去吧，弗兰克。”

“不是弗兰克，是本杰明。”青年男子纠正道。

“好，本杰明，你回去吧。”

青年男子好像已经习惯了被女伴赶下床，一句多余的抱怨都没有，叼着烟，皱着眉，干净利落地起身，然后穿戴整齐。

他走了以后，玛丽也起来了，扯下床单扔进了洗衣篮里。

她有时候也会感到厌倦。她怎么能一次又一次地这么堕落？当然，她孤单，她渴望快乐。但是她找的这些年轻人远远不及阿贾。他是一个男人，一个真正的男人。一个戴唇环的野蛮人。可爱的两撇大胡子，可乐色的眼睛，深色的皮肤。在他面前，她觉得自己就像是一个小女孩儿。那天在宜家的快餐厅里，和他在一起，玛丽感受到了前所未有的安全感。也许他不是玛丽的良人，这一切的美好只是假象罢了。但是那又怎么样呢？她愿意去相信这一切。他是不同的，也许她们两个人比表面上看起来更有默契。

好了，一会儿再想吧。

她决定把这些问题先放一边，继续睡觉。

中午，阿贾下楼来到了前台。昨天晚上从饭店回来，他就上楼回自己房间把自己的大作誊写完毕，准备顺手交给埃尔维。这会儿，埃尔维应该把他那位出版界的朋友请来了。很巧，这位出版界的朋友这周正好在罗马。

苏菲·猫索正等着印度朋友，手里捧着本法语小说，小说的名字阿贾看不懂，因为一长串的法语单词中不包含他认识的那几个：Eau de toilette（香水），homme（男人），femme（女人），nouveau parfam（新款香水），Christian

Dior（迪奥）。书皮上写的是类似“冬天的早晨，野兔们在路上凄凉地嚎叫”的东西，作者是个叫安吉里克·杜图瓦·德拉买颂的家伙。感觉到他来了，苏菲停止了阅读，拿了一个漂亮的红色书签夹到书里。

“阿贾，我们的计划有个小变化。中午我们一起吃午饭。Grabuge 出版社的代表想和你见面。”

“几点？”

“马上。”苏菲边说，边用自己修长的手指指了指吧台方向。

那边，埃尔维端着一杯鸡尾酒，他旁边站着另外一个阿贾没见过的男人。

“一会儿你好好给我讲讲。”边说，边给了阿贾一个灿烂的微笑。

我们新鲜出炉的作家被说得有点儿不好意思了，逃避地朝吧台走了过去。出版商为什么这么急着见他呢？他有时间把自己的手稿都读完吗？

“我们伟大的 Achéte-un-tas-de-truc[1]！”

1　主人公阿贾达沙特胡（Ajatashatru）名字的法语谐音，意为买杯东西喝。

“Je-chante-dans-la-rue？[1]”那个男人边说，边和阿贾达沙特胡握手，“多美的名字！”

“我叫阿贾达沙特胡，如果您觉得这名字太复杂的话可以叫我 Marcel[2]。”

“我的名字是吉拉尔·弗朗索瓦，典型的法国名字。”出版社的朋友英语说得很地道，“在您的创作面前，其他作品真是显得索然无味。我拜读了您的大作，确切地说算是您的短篇小说，因为故事并不长。您好像是在您的衬衣上开始创作的，您应该继续您的创作，这次可以写在裤子上。写在什么上都好，总之，我很喜欢您的作品。”

三个男人坐到了一起。吉拉尔·弗朗索瓦和阿贾在这儿见到的所有经纪人都不一样，他和这些人正相反。他不胖，他的手掌是干爽的，不像那些经纪人的手掌，潮潮的且肉感十足；他个子很高，有着运动员的健美身材；皮肤被晒得有些黑，像滑雪教练似的；漂亮的蓝眼睛点亮了整张脸，一身名牌西装更显得他优雅大气。虽然天气很热，但他还是规规矩矩地系着领带。滑雪教练的体魄搭配法国歌星的

1 主人公阿贾达沙特胡（Ajatashatru）名字的法语谐音，意为我在街上歌唱。

2 典型而常见的法国名字。

名字，不错的组合。

“故事的结局让我感到很困扰，把结尾改一改吧。”弗朗索瓦的声音里透着一种上位者自然而然的发号施令的调调，“因为我看过类似的故事，只不过地点不是监狱而是医院。”

长得帅就是比较容易受到尊敬，阿贾心里嘀咕着。他们身上有着天生的吸引力，其他人在他们面前只有羡慕、嫉妒、恨。不用任何道具，就能让别人对他们折服。周围的人对他们言听计从。在他们面前，你会觉得自己是那么微不足道。

“真有意思，”埃尔维说道，把阿贾的手稿交给弗朗索瓦之前，他先读了一遍，“因为我也看过类似的故事，故事发生的地点是修道院。”

“我承认把故事发生的地点设定在斯里兰卡的一所监狱里，十分别出心裁，但是结局得改改。因为当读者知道窗外是一堵墙的时候，已经是第三页了。要知道，全文一共才四页。给读者留悬念的空间不够大。”

阿贾意识到自己创作的这个故事，前人已经创作过了。就像刚刚发明用线切黄油的人突然发现100 000年前已经有人发明了用线切胶泥，他现在就是这个感觉，心里五味杂陈。

“换个更戏剧性的结局，”埃尔维友好地建议道，他看着阿贾沮丧的神情也不禁有些难过，“我也没什么好主意，要不结尾就写主人公其实并不是个盲人。或者就写他其实没有在监狱里，所有的一切都是他的想象。”

“没什么新意，太普通了。”弗朗索瓦说，“故事的结局一定要出人意料。我有信心，我们的大作家一定会有好主意的。不是吗，Ah-je-bouche-les-trous[1]？我们的超级影后介绍的作家嘛，肯定不同凡响。言归正传，苏菲，或许你能给他点儿灵感？”

“我们今天签个合同，先支付给你一笔预付款，这样您也能更好地进行创作。请展开您的想象，Un-jeune-touche-à-tout[2]先生。您的名字是这么叫吧？”

“一笔预付款？”阿贾激动了，一点儿也不在意弗朗索瓦怎么念他的名字，或者说一点儿也不在意这个出版商把自己的名字念错了。

“是的，我先付给您一笔钱用来支付您创作期间的种种花费，当然，这笔钱是从您以后的出版收入里面预支的。”

1　主人公阿贾达沙特胡（Ajatashatru）名字的法语谐音，意为我塞住了所有的洞。

2　主人公阿贾达沙特胡（Ajatashatru）名字的法语谐音，意为年轻，一切皆有可能。

弗朗索瓦解释道，“您有银行账户吗？”

“呃，没有。”

“我想也是这样，所以我先预支了点儿现金。”

说完，他像个魔术师一样从桌子下面拿出了一个黑色的小手提箱。

“好了，我们先说一下具体金额。50 000 欧元，您觉得怎么样？”弗朗索瓦说着，脸上露出了一个自得的笑容，古铜色的修长手指轻轻地敲着那个黑色的小手提箱。

“50 000 欧元？”阿贾重复了一遍，有些不敢相信。

弗朗索瓦自得的笑容一下子不见了。

“不是吧？您觉得 50 000 欧元还少？好吧，那 60 000 欧元吧。”

阿贾达沙特胡什么也没有说。

“您真是不好对付，Jette-ta-perruque[1] 先生。80 000 欧元怎么样？”

印度朋友还是没有任何反应。

“我亲爱的作家同志，您当自己是马克·李维[2] 啊？”

1 主人公阿贾达沙特胡（Ajatashatru）名字的法语谐音，意为扔掉你的假发。

2 Marc Levy，法国畅销小说作家。

印度朋友总算有点儿反应了。

“马克·李维，是位魔术师吗？”

“是的，他能把纸变成金子。好吧，100 000欧元，不能再多了。”

“好吧。”阿贾淡定地说。

弗朗索瓦古铜色的脸上露出了胜利的笑容。

“低调点儿！初入文坛就能获得100 000欧元的预付款……或许您才华横溢，还别出心裁地在衬衣上创作，但无论如何，您还是个新人，我觉得100 000欧元不少了。就知道你得要到100 000欧元，所以我就准备了这么多。箱子里正好是100 000欧元。”

实际上，谈价码这事儿结束得有点儿太快了，因为印度朋友根本就对100 000欧元到底是多少钱没有概念，从他的反应就能够看出来。

过了一会儿，阿贾终于有反应了，狠狠地笑了一下。100 000欧元，足够买张去巴黎的机票了。要是还能剩下点儿钱，就再给玛丽买一大束花。

弗朗索瓦把合同递了过来。合同是用英语写的，但是阿贾达沙特胡现在根本没心思看，他的心现在已经飞到了玛丽那儿，想着自己到了法国，买了花，想着一定要给玛丽一个惊喜。

“很高兴您签了合同。您的大作出版在即了。”埃尔维说，“La-chatte-à-trousse[1]，您现在只需要把您的故事的结局再雕琢一下。预付款不少，还都是现金。我建议您在这儿不要打开箱子，回房间再打开。罗马的街道和酒店也不是很安全。您最好还是把这些钱都存进银行。如果没问题的话，下午我们帮您存进去。”

说完，埃尔维和弗朗索瓦就起身离开了。阿贾也站了起来，拿着手提箱直奔前台。柜台后面有一块汇率牌，上面写着各种货币当天的汇率。这一天，欧元兑印度卢比的汇率是1 ∶ 67.828 0。

阿贾达沙特胡飞快地算着。

“6 782 800卢比！”阿贾深深地吸了一口气，简直不敢相信自己的眼睛。

这些钱不仅仅能买张从罗马到巴黎的机票，买束花，这些钱足够买下一架飞机，一个机组，买下花店里所有的花。胸前抱着的这些钱比他十辈子加起来挣的都要多。

他抱紧了手提箱，迅速地向电梯跑去。一点儿也没注意

1　主人公阿贾达沙特胡（Ajatashatru）名字的法语谐音，意为尾随的猫。

到苏菲吃惊的目光，也忘了中午要和她一起共进午餐。

阿贾只用了几分钟就跑回了自己的房间。他不知道该把这些钱藏哪儿好。他自己以前就是偷东西的，所以他知道世界上没有什么地方是绝对安全的，意大利这间酒店的房间里肯定更不怎么安全。一个行家几分钟就能破门而入，然后拿着这个装着巨款的箱子全身而退。

他觉得最明智的做法就是寸步不离这个箱子，它只有在自己身边才是最安全的。

一进门，他便迅速地打开手提箱，想确定一下这一切是真的，确定一下自己没有被欺骗。箱子里都是可爱的紫色钞票，500 欧元一张，不是伪钞，正反面都印了。

好了，现在我该怎么办呢？阿贾苦恼了。自己也不能走到哪儿都带着这个箱子吧。对了，苏菲还在等着他去吃午饭。或许应该让苏菲上来，在自己的房间里吃午饭。对的，这样比较保险。

他拿起话筒，打给前台，请他们帮忙转告在门口沙龙里看书的那位漂亮女士来 605 房间。

十秒钟后，传来了一阵敲门声。

这也太快了吧！

“发型师！ Hairdresser！”门外响起了一个有着浓重

的鼻音的声音。

或许是苏菲刚刚得了感冒，但是她也不可能一下就变成发型师了啊，应该不是苏菲。

“Sorry？”

阿贾不太了解意大利的风俗，但是他觉得在这样一家高级酒店的走廊里，高声喧哗，要给酒店的住客提供理发服务真是太奇怪了。再加上他刚刚拿回来一个装有巨款的箱子，所以更觉得门外的人太可疑了。

“我没有这个需要。”

“那麻烦您给我签个字，证明我来过了。”

签个字？还挺正规。好吧，毕竟一个发型师没什么可怕的。

“在哪儿签？”阿贾轻易地就相信了来人，把门打开了。

“应该说你选哪儿挨刀子？”门外的男人身材不高，皮肤黝黑。

说着，这个小个子男人迅速地用脚卡住了门缝，然后从裤兜里掏出了一把刀。现在的发型师真是今非昔比了。

“对不起，我闭嘴好了。”阿贾讽刺道。边说，边把自己布满伤疤的前臂在来人面前晃了晃。

很遗憾，阿贾的这种小把戏没有奏效。

“古斯塔夫让我带个消息给你。”面前这个矮个子男人的英语有着浓浓的意大利腔儿。

相似的长相，相似的身材，相似的穿着打扮，阿贾一下子想到了那个巴黎的出租车司机。

“古斯……塔夫？我不认识。我叫拉瓦什。”

门外的意大利人显然不吃他这一套，拿着刀又向前靠了靠。阿贾被吓了一跳，连忙向后退了几步。这一退躲过了刀子，但是形势貌似更不利了，这个凶神恶煞的意大利人进了房间。阿贾想起了在巴塞罗那机场见到茨冈人的情景，尤其是野蛮的茨冈人用便携冰箱把自己打得晕头转向的那一幕，至今记忆犹新。他决定学茨冈司机这招，把手里的皮箱甩到这个意大利暴徒的脸上，也算是以其人之道，还治其人之身吧，毕竟他们都是一伙的。“砰”的一下，这位不速之客的脑袋狠狠地撞到了门口的衣柜柜门上。

门口终于没人堵着了。仅仅几秒钟的时间，这位茨冈人就回过神来了。阿贾就趁这几秒钟的时间一下窜到了门外。冲进了应急楼梯间，几级一跨地奔下楼梯。像是后面有个家伙对他紧追不舍，想把他扎成一个印度漏勺。实际情况也差不多是这样。

阿贾很快就到了酒店大堂，路过前台的时候看都没看印度卢比的当前汇率，全速冲向门口，更是丝毫没有注意到苏菲惊愕的目光，后者一直在楼下等着跟他共进午餐呢。

苏菲吃惊地看着阿贾提着一个手提箱从酒店中飞奔出去。埃尔维已经告诉了她阿贾和弗朗索瓦签了合同的好消息，也知道她的印度朋友刚刚拿到了100 000欧元的预付款。她觉得现在阿贾拎着的应该就是那个装钱的箱子，这笔钱对他来说无疑是笔巨款。眼前看到的这一幕深深地动摇了她对阿贾的友谊和信任，他怎么能够这么对待她？她收留了他，给他提供房间栖身，为他准备得体的行头，对他付出了自己的感情和时间。甚至眨眼之间就为他找了一位出版商。

她低声叹了口气。毕竟，这个男人只是一个偷渡者，是个无伤大雅的小偷。她有什么可期待的呢？本性难移，他就这么跑了一点儿也不奇怪。她觉得自己被背叛了，觉得自己就像一张用过的纸巾那样被人丢弃了，她告诉自己，下次发现从她箱子里出来的印度人一定要好好地警惕着。“到此为止吧！”她气愤地丢掉手里的书，然后上楼把自己关在了房间里。

与此同时，吉拉尔·弗朗索瓦骑着自己的小摩托正堵在路上，罗马的交通真是个噩梦。摩托车的行李架上是刚刚和那个奇怪的印度人签的合同。他几乎可以想象印度朋友的这本书在各大书店疯狂大卖的场景，它会被译成32种语言，甚至会被译成阿亚帕涅科语这种全世界只有两个人（他们只会说，不识字）在讲的古墨西哥方言。

与此同时，阿贾正向一个公园狂奔。他从自己房间的窗户能看到这个公园，所以有点儿印象。他生平第一次跑得这么快，当然，也是生平第一次提着个装有100 000欧元的箱子跑。

与此同时，埃尔维上楼回到了自己的房间，喝下了酒瓶里剩下的最后一口威士忌，这是他刚刚在楼下小吧台买的。他想用酒精麻痹自己，但是失败了。脑海里不停地闪现出吉拉尔·弗朗索瓦那双修长的手，那性感的古铜色皮肤，和那丰满湿润的嘴唇。为什么自己那些长得帅的朋友没有一个是同性恋？为什么他们那么帅？为什么他们就非得是他的朋友？

与此同时，吉诺也拿着刀从楼梯间追了出来。这个印度骗子，居然敢骗自己的表兄，现在居然又让自己出丑，他死定了。

与此同时，阿贾还在没命地跑。

与此同时，阿登·菲克船长（他是哪位？）正舒服地坐在他的利比亚籍货船的驾驶舱里，高兴地想着自己马上就能回家了。他们一路沿着意大利海岸线行驶，现在已经到了利多・迪奥斯蒂亚，经过了三个月的海上漂泊，现在终于要返航了。

与此同时，古斯塔夫・帕鲁尔德正一边吃着蒜香烤鸡，一边和他们在机场遇见的那个负责搬运行李的西班牙小伙的父亲讨论那个西班牙小伙和自己女儿的婚事。

与此同时，米兰达・杰西卡・帕鲁尔德，或者说是准汤姆・克鲁斯・耶稣・库尔特・桑塔玛利亚夫人把手里的鸡块放到盘子里，一边做贪婪状舔着自己的手指，一边直直地看着坐在自己对面的男友。

与此同时，梅赛德斯・沙亚娜・帕鲁尔德正抹着眼泪，吾家有女初长成是件好事儿，但是真要嫁出去了也舍不得啊。她决定把苏菲・猫索的那些性感内衣送给女儿几件，她新婚之夜的时候好用。

与此同时，汤姆・克鲁斯・耶稣・库尔特・桑塔玛利亚已经迷失在自己准妻子火辣的目光中。可爱的杰西卡一边吃鸡，一边性感地舔着自己的手指。把汤姆看得恨不得马上化身为狼，把她扑倒。

与此同时，阿贾仍然在跑。

在梵语中，阿贾的意思是没有天敌。现在看来，这名字简直是骗人，敌人无处不在。

阿贾睁开眼睛的时候发现自己躺在波各赛公园颠簸的小路上，没错，正是自己进公园的时候走的那条路。然后他意识到自己是在一片圆形的空地中间，空地周围树木林立，漂亮极了。

他左看看，右看看，像极了一只刚从地里钻出来的老鼠。看来，他还得继续跑。没有任何障碍物，周围的情况一览无遗。几米之外，一群意大利人弄了个超大的气球状物体。那是个蓝色的热气球，上面画着经典的金色图案。气球下面，用精美的金色绳子坠着一个吊篮，吊篮下面同样有绳子负责把它固定在地面上，有风的时候，吊篮会随风摆动。说实话，这是阿贾第一次亲眼看到真的热气球。之前，他只是在根据儒勒·凡尔纳的同名小说改编的电影《气球上的五个星期》[1]中看到过热气球。

当热气球升到离地十几米的空中时，吊篮里的游客们就能在空中俯瞰罗马城的全景，想要上吊篮体验一下，只需要付上 5 欧元。

1 法语原文为 Cinq semaines en ballon。

运气不错，吊篮还没有离开地面，几名游客正在吊篮旁边等着上去。吊篮里面一个人也没有，导游正忙着卖票呢。

阿贾转过身，那个凶狠的茨冈人朝他这边追过来了。为了不引起怀疑，他把刀收起来了。但是印度朋友清楚地知道自己一旦落到他手里，就插翅难逃了，而且他会当众把自己叉成一个巫蛊娃娃。要是这个场景出现在自己的魔术表演里，弄一把可以伸缩的刀，再找几个托儿，效果绝对不错。但是现在问题是被扎的人是自己，不是托儿，刀也是真刀，货真价实，所以阿贾现在对当众表演被扎的巫蛊娃娃真的没兴趣。

事不宜迟，阿贾迅速地跳进了热气球下的金属吊篮里。

导游看到这一幕惊叫了一声："呃！"

游客们看到这一幕惊叫道："哦！"

吉诺也看到了这一幕，同样惊叫道："啊！"

阿贾是对的。这个凶恶的茨冈人从口袋里掏出了之前那把刀，握好，准备给他最后一击。茨冈人的刀尖和阿贾的肚子只隔着一层吊篮的金属网。深吸了口气，阿贾闭上眼睛，上身向前倾，双手放在膝盖上，保持呼吸。心里想着，这趟旅程到此结束了。脑子里最后闪现出的画面是酒店房间里那幅画。他别无所求，只是渴望那样的平静祥和。下辈子，他只想做一捆干草，静静地躺在那样平静祥和的田地里。

阿贾睁开眼睛的时候，他意识到自己还活着，而且也没变成一堆干草。吉诺刺向他的第一刀是冲着肚子去的。刀子刺过来的时候，阿贾闭上了眼睛。但是却本能地向后退去，然后就被身后不知名的物体绊了一下，直直地摔倒在了吊篮冰冷的金属地板上。

闭着眼睛躺了几秒钟，阿贾发现这个姿势要比站着舒服多了，至少不用面对外面那个杀神，那个野蛮的茨冈人为了 100 欧元就要杀了他，说不定还会把他手里装着 100 000 欧元巨款的箱子也拿走。这是两天之内他第二次装死了。都快成习惯了，不过效果不错，称得上是一项真正实用的战术。

几分钟过去了，吉诺、导游，还有那些游客都没有出现在吊篮里，阿贾从地上坐了起来。他意识到刚才把自己绊倒的是一个体积不小的便携冰箱。地上还有其他的障碍物，比如地板门把手，比如热气球用的燃气罐。

阿贾慢慢地站了起来，偷偷地抬眼朝吊篮的金属网外面看了看。那个凶狠的茨冈人不见了，导游和那些游客也不知道去哪儿了。一切都消失不见了，公园里空地周围的树，公园本身，公园周围的建筑，自己住的那家酒店，整个罗马城，甚至整个地球统统都不见了。吊篮周围是一望无际的蓝天，偶尔能看到几片云彩。热气球升空了。

热气球摆脱了地面的束缚，从它的观光职能中解放出来，第一次无拘无束地飘在天空中，慢慢上升，离开地面。

阿贾俯身向下看。他脚下的吊篮上吊着绳子，几分钟前，这些绳子把这个吊篮牢牢地固定在地面上，可是不知道哪个该死的家伙把它们都剪断了。印度朋友还活着，但是孤身一人在一个飞在天上的热气球里对着一个不知道怎么操控的破机器，周围是一望无际的天空，旁边除了空气还是空气，这样的情况看似也不算好吧。难道真是天要亡我，又不想让我死得那么快，所以才搞了这一出？这简直比踏踏实实地站在地上被捅个十几刀要残忍得多。

巴黎那个出租车司机相当不人道，残忍地希望骗了他的印度浑蛋被慢慢地折磨至死。他肯定是这么和他的手下交代的。而这个手下，就是刚才那个拿刀的茨冈人，看到了热气球，于是就想出了这个狠毒的办法。

不幸中的万幸，印度朋友不晕热气球，在这样的高空没有任何不适。但是看着越来越小，小得和模型似的屋顶和只剩蚂蚁大小的游客，相信再淡定的佛教徒也会心慌的。

如果没有风的话，热气球会一直停留在波各赛公园那片林中空地的上空。但事实上是有风的，热气球慢慢地在空中移动，飘向未知的方向。热气球现在的高度大约有150米，在这个高度可以看到城市的轮廓，看到罗马城周围的田野，还可以看到远处反射过来的白光。热气球以大约每小时15公里的速度飘向发出白光的方向。很快，罗马城就变成了地平线上的一个小黑点儿，然后消失在了阿贾的视线里，他在心里感叹："哎，这又是一个无缘参观的城市。"

阿贾的头顶上是热气球的帆布球囊，大大的进气口像是一只巨型章鱼张开的大嘴。他在电影《气球上的五个星期》中看到过，得不停地操控滚轮给气囊内部加燃气。热气球的原理就是热空气上升，带动气球上升。阿贾在吊篮里找到了传说中的滚轮，然后试着摆弄了一下。瞬间，燃气罐化身喷火狂龙，喷出了熊熊的火焰，还好，虽然看着吓人，但是马上就熄灭了。

但是这一下，热气球回到了两个世纪前的状态，根本不能操控方向。完全是风吹到哪儿就飘到哪儿的状态。起飞地点你知道，但是你永远猜不到降落的地点。也许这正是乘热气球旅行的魅力所在。

热气球的平均航行时间在1小时左右，但是如果热气球上装载的燃气足够多的话，它可以飞上两三个小时，甚至更长时间。热气球的平均时速为每小时 10 ~ 20 公里，阿贾算了算，3 个小时之内，自己就该到地中海上空了，到了之后燃气就该用得差不多了，然后他就可以和热气球一起投入大海的怀抱了，真是想不和大海拥抱都不行。

我们的魔术师同志对这即将到来的命运无计可施，他只能眼睁睁地看着自己往海里掉，他觉得自己的生命即将到达终点。自己肯定会被淹死，因为他从来都没有学过游泳。话说回来，即使学过又有什么用呢？海岸线一点点地淡出视线。到时候估计他能先在水里瞎扑腾几下，然后就不可避免地像一块石头那样沉入海底。

他的旅程就要终结在那儿了。一切都结束了。

蔚蓝色的海面是那么美，那么迷人，看起来是那么无害，可是，这就是他的终点。但是美丽的蔚蓝色渐渐变成了浅红色，然后是血红色。热气球减速或者坠海，要比偷渡时藏身卡车的减速和停车要可怕得多。

阿贾努力地让自己镇定下来，他开始在吊篮里搜寻救生衣，可是很遗憾，没有找到。本来这个热气球是被固定在波各赛公园里观光用的，所以没配备救生衣也在情理之中。之前绊倒他的那个小冰箱里只有些苏打水，就当前这种情况来看，百无一用。他试着打开地板门，然后，他意识到自己现在是在空中，脚下都是空气，于是晕了。无奈之中只能赶紧把地板门关上，默默地等待时机。

他在等，等吊篮慢慢地落入水中，等它开始下沉。周围是一望无际的大海。几分钟后，他将会被关在一个铁笼子里沉入水中。再过一分钟，他就会死去。阿贾达沙特胡·拉瓦什·帕戴拉就要在地球上消失了。这是他最后一次隐身表演。

他望着这片蔚蓝色的大海，这片大海吞噬了无数的生命。渔民、航海家，像他这样飞到半路没燃料的空中来客，还有那些乘船越境的偷渡者，无数的生命葬送在这片大海里。在开往英国的卡车上，他听维拉热说过，每年撒哈拉南部都有数以百计的偷渡者消失在利比亚到意大利之间的这片海域。他们最大的错误就是出生在了地中海的南岸而不是北岸。现在，自己也要和他们一样，葬身在这片冰冷的海水里了。这片大海即将吞噬又一条生命。

可是他意识到如果现在自己死了，那么世人在回想起他的时候会想起他是个骗子，是个小偷，是个只知道索取却从不付出的人，是个自私自利的家伙。或者说，他准备好面对这样沉重的人生评价了吗？佛祖会摸着自己长长的耳垂对他说，你这家伙这辈子没干什么好事儿啊。

不，他不能死，不能现在就死。

要给予人帮助之后才能死。要向世人证明，向自己证明，他真的改邪归正了。

还有玛丽。自己不能还没尝到爱的滋味就和玛丽阴阳永隔。这样不好。

几秒钟内，他和玛丽交谈的场景一幕幕地出现在脑海里，像放电影似的。他想到了自己的表兄，自己的养母，所有那些有他们陪伴的幸福时光。随后浮现在脑海里的就不那么美妙了——饥饿、暴力，那些对着他流口水的男人、那些紧紧抓住他的湿漉漉的手、那些咬过他的蛇。那些往事历历在目。他短暂的一生经历的事情不少了，但是却空虚乏味。不行，他不能背负着这样空虚乏味的命运去见佛祖。这样的话，下辈子佛祖肯定会让他变成个被穿在棍子上准备上火烤的西红柿，和田野里那捆稻草的平静安宁没有一点儿的关系。

但是怎么做才能幸免于难呢？情况并不乐观。阿贾跪在已经进水的吊篮里，把手提箱紧紧地抱在胸前。死神在慢慢地向他靠近。此时，这个装满现金的手提箱毫无用处。有句话怎么说来着，“金钱不是万能的”，这次算是应了这句话了。

阿登·菲克船长的职业生涯中从来没有见过这么大，这么蓝，离海岸线这么远的浮标。作为一个经验丰富的航海家，一名实用主义者，他觉得自己看到的这个东西应该不是一个浮标。

但不是浮标又是什么呢？

一个从天上掉下来的气象气球？《丁丁历险记》里面神秘岛上的蘑菇？还是一个载有一个印度人和100 000欧元巨款的热气球？

这东西从来没见过，十分古怪，不过不管是什么，在菲克船长看来都没什么价值。没准儿就是海盗设下的陷阱。他吩咐船员们开足马力，好让他们的商船迅速接近那个可疑的目标。

菲克船长拿起望远镜，仔细地观察着那个不明漂浮物。很快，他辨认出这就是个热气球。还应该有一个吊篮的，但是海面上除了这个气囊之外，什么也没有。看样子吊篮应该是已经沉到海里了，吊篮里的人也没有幸免于难。

看起来不像是海盗设下的陷阱，菲克船长叫来了一名船员，让他放一艘小艇，再找两个人过去看看。动作要快，希望还来得及，他可不希望自己的船员带回来的是一堆尸体。活人身上总是有油水可捞的。死人真的是没有一点儿价值。

救援小分队开始行动了。

20分钟之后，救援小分队带着被救回来的人回到了船上。这是一个印度人，身材高大，瘦削，满脸的坑坑包包，头上包着白色的头巾，现在看来有些狼狈，身上的衣服都湿透了。一只手拿着铝质救生板，另一只手紧紧抱着一个黑色的手提箱。

“我是这艘船的船长。”菲克船长用英语说道。语气中满是骄傲。他十分庆幸这次救回来的是个活人，还有油水可捞。天时、地利、人和啊。菲克船长问道：“你遭遇了什么？”

这回该阿贾讲述自己的遭遇了，他告诉菲克船长，自己本来在罗马参加一个热气球大赛，一阵大风把自己吹到了海上。他的燃气用完了，他只能迫降在水上。要不是救援小组及时赶到，他就该被淹死了。

“既然如此，欢迎来到马尔维尔号。我想您现在最大的愿望是回罗马，回到您熟悉的地方。”菲克船长边说，边贪婪地看着阿贾手里那个神秘的黑色手提箱，“但是，由于时间紧迫，现在不可能靠岸。您也不可能游回去，Etancheau-trou-lavage-paddel[1]先生，或者您可以一直待在船上，直到到达目的港。但是这样的话，您需要支付一笔费用，您能明白吗？和死亡不同，生命是有价的。”

船长的最后一番话让阿贾心里一惊。他这是上了贼船了吗？还不如被淹死了省事儿。

“我们这是要去哪儿？”他强装镇定地问道。

但是他抱着箱子的手已经开始抖了，抖动之剧烈都赶上一个巴西打击乐手在里约狂欢节上的表现了。

菲克船长指了指自己衬衣上红、黑、绿相间的徽章，说道：“当然是去利比亚。现在请您告诉我这个漂亮的箱子里面装的是什么？”

1　主人公阿贾达沙特胡（Ajatashatru Lavash Patel）名字的法语谐音，意为防水密封洞·洗涤·洗衣板。

利比亚篇

第二天的下午两点钟，马尔维尔号抵达了的黎波里港。印度朋友终于结束了空中、海里的漂泊，踏上了坚实的土地。虽然付出了 15 000 欧元的代价，但总算是松了一口气。

这张船票对他来说着实有点儿贵了。但是还好有这艘船经过那片海域正好把他救了，要不然他就葬身大海了。和损失 15 000 欧元相比，后者貌似更可怕。在船上，他的境遇全看那些利比亚人的心情。但话又说回来，船长当时也可以把 100 000 欧元都拿走，然后把他扔到海里，也是神不知鬼不觉。归根结底，他总算是花了个好价钱捡回来一条命。

利比亚正处于史无前例的动乱之中，所有人都向钱看齐，甚至连那些商船的船长也是一样，或者说他们尤其爱钱，他们把那些来自撒哈拉沙漠南部和非洲其他地方的偷渡者运往意大利来赚取佣金。碰到意大利海上巡逻队的时候，他们甚至会把偷渡者扔到海里，不管他们会不会游泳。而意大利海警既得救援落水的人，又得负责把他们遣送回去，因而无暇顾及这些非法运载偷渡者的船只。于是这些船只就能毫发无损地溜走，然后回去准备运送下一批偷渡者。

卡扎菲政府被北约推翻了，时隔 9 个月，利比亚依然饱受战乱之苦，到处都是暴力冲突，践踏人权、性侵妇女的事件层出不穷。好吧，我们得试着理解这些穷苦的人民。当他们在茫茫大海上救了一个身携 100 000 欧元的印度人之后，被救的这位印度朋友是没有那么容易脱身的。他怎么也得为这些利比亚朋友的幸福做出自己的一点儿贡献，毕竟他们在苦难中挣扎也不容易。

但是还有一件事情真是十分令人费解，印度朋友身上明明有 100 000 欧元，他是怎么做到仅仅用 15 000 欧元就脱身了的呢？

当一个人能把水变成酒（用的是藏在手心里的瓶盖），能仅仅靠目光和几下轻抚把一个金属叉子弄扭曲（叉子是遇热变形的材质），能把烤肉的签子叉到舌头上（用的是藏在牙齿里的假舌头），这样一个人稍微用点儿小聪明就能从任何困境中脱身。

所以在菲克船长拿着手枪，春风般温和地请阿贾打开手提箱的时候，阿贾完全找不到任何借口反驳。

500 欧元的大钞发出迷人的紫色光晕，这位利比亚船长的面孔一下子明亮鲜活了，像是一个发现宝藏的海盗。

“La-Vache-Patine[1] 先生，您说您是因为参加一个热气球大赛才掉在海里的，一个名不见经传的热气球大赛，我对此深表怀疑。我猜您是想逃避什么人的追踪吧，比如说警察？您是不是抢银行了？”

“您先别激动，这些其实是假钞。”阿贾打断了菲克船长的话，说得无比真诚。他现在也不发抖了，似乎又重新掌控了形势，因为他想到了个不错的主意。

“如果是假钞的话，做得也太逼真了吧。”菲克船长不是那么容易被说服的，尤其是眼前这印度家伙看起来貌似比他还狡猾。

“那是因为造假技术高。这些都是魔术道具，一文钱也不值。我本人就是一个魔术师，听我的没错。”

1　拉瓦什·帕戴拉的法语谐音，意为溜冰的牛。

说完，阿贾从口袋里掏出一枚 50 美分的硬币，然后把它扔到空中。

“肯定是正面！”他笃定地说。

随后，硬币落到了他的手心里，果真是正面朝上。

“再来一次，还是正面。”阿贾说着，再一次把硬币抛向空中。

他再一次说对了，还是正面。

“我明白你的把戏，”菲克船长自得地说，“正面还是反面完全取决于你抛硬币时候的手法。”

“不错的思路。”说着，阿贾把硬币翻了过来，大家发现硬币的两面其实是一样的，都是正面，“但是很遗憾，您猜错了！人们总以为魔术是魔术师的天才操控，实际上魔术道具才是其中的关键……还用我再做几个示范吗？”

菲克船长还没发话，印度朋友又在自己的兜里摸了摸，掏出一张绿色的 100 欧元纸币。他拿着纸币翻转了几次，让大家看看纸币的正面和反面。

“然后？”菲克船长有些不耐烦了，他对这种即兴的小魔术没什么兴趣。

“好了，您看这是什么？”

“一张 100 欧元的纸币。”

“看清楚了啊！您觉得这是一张寻常的纸币吗？”

“对，一张寻常的纸币。嗯，至少乍一看是这样。你不停地把它翻过来翻过去的，煎鸡蛋呢啊你？”

“您又错了。”阿贾瞪着他可乐色的眼睛对菲克船长说。

菲克船长大吃一惊。

“和我刚刚跟你说的相反，光有道具是不够的，有时候，还需要制造一些假象。魔术师要眼疾手快，尽可能地操控住魔术场面。”

说完，他慢慢地把纸币转过来，露出空白的背面。

“这张纸币只印了一面？不可能！”菲克船长简直不敢相信自己的眼睛。

“熟能生巧。”阿贾说着，啪的一声把纸币翻了个面，这次带字儿的那一面朝前了。

“真是难以置信……你是怎么做到的？”

“这个手提箱是假的。”阿贾自顾自地说道，“看起来里面装满了钱，但是这一切都是假象。只有我对您的敬仰是真的，虽然您拿枪指着我的脑袋。”

阿贾从箱子里抽出了一张紫色的纸币，用指尖拿着纸币的上半部分，像是在看纸币上的水印。随后，他开始把纸币对折，之后再对折，直到把纸币折成了指甲大小。他对着自己的双手吹了口气，然后，神奇的一幕发生了，纸币不见了。他又拿了一张纸币，然后重复刚才的动作，如此这般又变没了两张纸币。

“看到了吧，这些纸币根本不存在。”说着，阿贾把手举高，让袖子里的三张叠好的纸币滑进衬衫里，“这些都是魔术币，是魔术道具。”

“我不太明白。”菲克船长开始上当了。

“很简单。这些纸币是用未发酵的面包做的，不添加酵母和糖，是纯天然绿色食品。”阿贾编瞎话的本领不容小觑，“和天主教的神父们弄的圣餐面饼一个做法。这些钞票在我手里化了，因为我手里要比周围的空气热得多，所以它们就消失得无影无踪了。”

“你别耍我！”

“所以，虽然我看起来很有钱，但是我真的没有钱付给您，船长，因为这些钱只是魔术道具，是假的。充其量也就是一堆吃的。”

阿贾感到十分伤心，因为阿登·菲克船长很不幸的是个吃货。经过阿贾的解说，眼前这一沓沓紫色的钞票在他眼里立即变成了一个个奶油千层糕。他一口气吃了三个，也就是三沓纸币，阿贾一下子就损失了15 000欧元，好吧，就当付船资了。好在他一边吃着，阿贾一边用自己的三寸不烂之舌在旁边大讲合理饮食之道，讲完好物不可多用，又说这种未发酵的面包热量太高，要不是他在一边这么舌灿莲花地一通乱说，看菲克船长这架势，能把这一箱子钱都吃了。

所以，第二天下午两点，马尔维尔号刚一进的黎波里港，阿贾就迫不及待地从船上冲了下来，拿着自己的箱子，迅速地消失在码头的人群中。心里想象那个吃了他15 000欧元的利比亚人得知自己吃的是真钱以后，脸色肯定煞白，尤其自己还从他眼皮底下拿着一箱子钱就这么大摇大摆地溜走了。

阿贾来到了一个完全不一样的地方，陌生的香气，让人耳目一新的色彩组合，这一切都让他觉得孤单。瞬间，他是那么想念自己的故乡，想念那些亲朋好友，想念自己在那儿生活的点点滴滴。这些天一直漂泊在异国他乡，阿贾已经有点儿受不了了。

这儿的人们肤色也比较深，和他的同胞们一样。但是这里的人不留胡子也不包头巾，所以他们显得更年轻。这里还有很多黑人，和维拉热一样，他们的眼睛里充满希望，似乎也在渴望着乘船偷渡到欧洲，那是他们心里的乐土，也就是阿贾刚刚离开的地方。人群周围是荷枪实弹的士兵，有的穿着便装，有的穿着军装，这些兵老爷一边巡逻，一边抽着走私来的香烟。这一切都在告诉你，你身处地中海糟糕的那一边。

身上的名牌西装在人群中格外醒目，当地人一水儿的运动服配趿拉板儿，阿贾尽可能地保持低调，他并不希望吸引过多的关注。过去的 24 小时中，他被便携冰箱砸过，被刀砍过，还被人用枪指过。阿贾发现人们用来对付他的武器有越来越强的趋势，必须得提高警惕了，要不然下次没准儿就该挨炮弹了。印度朋友想到这儿，立马变成了一只带着 85 000 欧元现金跑路的小白鼠，机警无比地朝码头出口走去。

当他走到港口警卫所的时候，前面的一个黑人小伙儿被两个武装到牙齿的士兵拦住了，阿贾只能眼睁睁地看着这个可怜的年轻人被抢劫，却无能为力。一个士兵把他按到了墙上，另一个士兵叼着烟，漫不经心地搜他的口袋。拿走了他兜里的护照和钱（这些是这个黑人小伙儿为穿越地中海去往意大利准备的）。他们把护照拿到黑市上，能卖个好价钱。然后他们往地上吐了口痰，大笑着回到了岗亭。

被洗劫一空的年轻人像流干血的猎物一样缓缓地贴着墙向下滑，他站不住了。跌坐在地上的时候，他的头抵住了膝盖，似乎不愿再面对这个地狱般的世界。

阿贾觉得后背发凉。他想过去帮助这个可怜的人，但是现在自己穿得跟个银行家似的，在这个地方，自己这一身打扮就像谷歌地图里的中国长城那样高调，所以最好还是不要再吸引更多的眼球了，这位兄弟，对不起了，在下实在是有心无力。如果可能的话，阿贾会跪在他身边，给他讲讲意大利，讲讲法国，他会告诉他，为了去这些地方费尽心思是值得的。告诉他自己有一群和他一样的朋友，他们此时正在去往英国的卡车上颠簸，他们的口袋里装满了从法国超市里买来的巧克力饼干。那儿的超市里应有尽有，只要手里有钱，一切都触手可得。告诉他应该好好保重，他向往的地方就在那儿，就在海的另一端，乘热气球的话几个小时就到了。在那儿，会有热心的人们帮助他。那些“美好国度”就像一盒什锦巧克力，碰到边警也只是偶然的。即使落到边警手里，也不会挨打。到处都有好人。

阿贾还想告诉他，不要拿生命当儿戏，因为生命真的很宝贵，有时候真的需要用真金白银来换，如果在海里淹死了，或者在小卡车的车厢里窒息了，或者在油罐车的油罐里被熏死了，那么即使到了欧洲也没有任何意义。阿贾想到了维拉热给他讲过的那些故事，那些偷渡的故事。比如，一群厄立特里亚偷渡者自己用手机打电话报警，因为收钱帮他们越境的蛇头把车门关死了，他们被困在卡车里快窒息了。对于这些靠帮人非法越境牟利的蛇头来说，只要把人运到，不论死活都是一口价。偷渡的价钱视目的国而定，基本是从 2 000 ~ 10 000 欧元不等。反正不论死活，只要把那些偷渡客成功送到目的地，他们就能收钱了。也许那些偷渡客来到他们心中的美好国度之后，第一次睁开眼睛看到的是医院病房的天花板。但也许，这已经是最好的情况了，至少他们还活着。

阿贾回想起自己坐着热气球掉进海里时的感受，那是种面对死亡的恐惧，害怕自己就这么无声无息地、孤孤单单地离开这个世界，害怕自己这么一眨眼的工夫就消失在地球上，无人问津了。而眼前这个年轻的非洲小伙子的家人肯定正在这块大陆，这片海岸的某个地方等着他回家。他不能死，他不应该死。

是的，印度朋友想把自己想到的这些都说给他听。但是眼前的非洲小伙就这么安静地躺在那里，一动不动。周围的人群恢复了正常，人们各忙各的，似乎什么事情也没有发生。阿贾往警卫所方向瞥了一眼。透过玻璃，可以看到士兵们继续大声地笑着，肆无忌惮。阿贾不禁想到了自己，即使这些大头兵放过他，过不了一会儿菲克船长也会满腔怒火地从船上冲下来找他算账。他肯定会对这些密布在码头上的士兵描绘出他的样子，让他们帮忙找到这个胆敢欺骗他的印度家伙。或许他这会儿已经跟这些当兵的说完了，天知道！自己不能再待在这儿了。

阿贾从兜里拿出了一张 500 欧元的纸币，笔直地朝出口走去。在经过出口的时候，他故意紧贴着那个非洲年轻人走过，悄无声息地让纸币掉在这个可怜的小伙子身边，还轻轻地对他说了一句“祝你好运”，当然，音量小得可怜，除了阿贾自己，没人听到。

太好了，自己终于帮助了一个人。自己生命中的第一次人道主义行动。易如反掌，简直不可思议。

做了件好事儿，感觉立马不一样了，全身上下的每一个细胞里都充满了自我欣赏和自我满足感，当好人的滋味着实不坏。感觉有点儿飘飘然了，喜悦和自得从胸腔蔓延到四肢。阿贾感觉自己根本不是在尘土纷飞、嘈杂热闹的的黎波里港，而像是坐在一个超级柔软舒适的超大号扶手椅上，那种从心到身的舒适感只可意会不可言传。这种飘飘然的感觉和以前当魔术师时弄虚作假的空中飘浮截然不同。从买床之旅开始，这一次是我们的魔术师朋友经历的第五次直击灵魂的冲击。

印度朋友飘飘欲仙了，都升到利比亚的天空中了，底下是这片被铁丝网围起来的港口。突然，一个声音从身后响起，把他从美好的幻想拉回了现实。让他从天上重回人间，但是落得有点儿重。

阿贾愣了几秒钟才有所动作。

身后，再次响起了那个声音。

“嘿！”

得了，我死定了，印度朋友心里开始打鼓了，一定是那个菲克船长的狗腿子们找来了。怦，怦，怦，怦，心马上就要从嗓子里跳出来了。怎么办？像什么事儿都没发生似的转过身去，还是假装没听见，疯狂地往出口跑？估计一跑马上就会被抓到吧。

“嘿，阿贾达沙特胡。”

起初，印度朋友以为是自己听错了。

“拉瓦什！”

阿贾慢慢地回过头。这人居然知道自己的名字，会是谁呢？

“阿贾，别怕，是我！”

听到这儿，阿贾认出了这个低沉的声音。第一次听到这个声音是在一辆颠簸的卡车上，透过那扇厚厚的衣柜的门板，这个声音传到了自己的耳朵里。就是这个声音向自己诉说了他所有的秘密，没有一点儿隐瞒，没有一丝颤抖。

没错，就是他。

是维拉热。

阿贾的眼里甚至出现了可疑的水光。嘴角上扬，露出了快乐的微笑，然后，两个人紧紧地拥抱在一起。

一方面，阿贾很高兴找到了自己的朋友，终于在这片完全陌生的地方找到了一张熟悉的面孔。但是另一方面，既然维拉热在这儿，在的黎波里港，不在法国，不在西班牙，就说明他没有像自己想象的那样正准备越境进入英国。想到这儿，他有点儿伤感。

“阿贾，你总是出人意料地闪亮登场！”身材高大的维拉热放开阿贾，然后拍了拍他的肩膀。

“世界太小了！”

“看起来你混得不错啊。”维拉热指了指阿贾这一身高、大、上的新行头和他手里的小皮箱，“看起来就像个富有的印度实业家。你从哪儿来？”

阿贾指了指远处的马尔维尔号。

“这船是从意大利过来的。”维拉热困惑了，“你是不是没明白我的意思？”

印度朋友第三次向他的非洲朋友解释自己不是偷渡客，没有偷渡到英国的计划。

“听着，”在维拉热怀疑的目光中阿贾继续说道，“在卡车上我欠你个解释。你也明白，我当时没能来得及给你讲我的事儿。但是现在，命运让我们再次相遇，我想这回我们有机会好好聊聊了。”

“命运真是神奇。”维拉热感叹道。

在码头附近的一个简陋的小酒吧，点了杯常温啤酒，远离了城市的喧嚣和码头上那些凶神恶煞的士兵，阿贾和维拉热敞开心扉地聊了起来。

离开巴塞罗那之后，根据国际遣送公约，维拉热又被遣送回了巴塞罗那。这些国家像扔烫手山芋一样把他扔来扔去。先是被扔到了阿尔及利亚，然后是突尼斯，最后是利比亚。天知道，他往英国偷渡的时候想走的不是这条路线。但是谁在乎呢。那些国家的政府唯一在意的事儿就是马上把他们这些偷渡者从自己的地盘儿弄出去。从某种意义上来讲，他们发明了一个针对入境移民的投石机。

在偷渡这条路上，维拉热从来没有想过放弃。因为一无所获地回国对他来说是巨大的耻辱，是人生的重大失败，是巨大的浪费。他们村子为了给他凑够偷渡的钱，已经负债累累，他又怎么能这样浪费这么来之不易的旅费，怎么能这样辜负大家的苦心。所以他准备再次穿越地中海，朝意大利的小岛兰佩杜萨进发。想到这些，还是让人沮丧。几天前，他的双脚也曾踏上自己渴望的那片土地——英国的土地。他曾经到过那儿。要是那个该死的警察没有叫停那辆货运卡车的话，他就能成功越境了。

“但是你知道，我们不算是最倒霉的。在遣返的飞机上，我和一个偷渡者聊了几句。他跟我说，他们拿着精心伪造的护照乘飞机偷渡到欧洲，为此花了大价钱。到了法国，他们还得以劳动偿还欠蛇头的偷渡费用。一下飞机，他们就会被安排到巴黎郊区的制衣车间夜以继日地工作，这些车间里，都是偷渡者。他们很守规矩，不会企图逃跑，不会奋起反抗，不会试图从那儿脱身。不偿还自己的偷渡费用在他们看来是很没面子的事儿，对他们来说简直是巨大的耻辱。从某种意义上来讲，是一种道德制约。所以他们乖乖地坐在缝纫机前，夜以继日地工作。那些漂亮姑娘的遭遇更加糟糕。她们被关在阴暗破旧的房间里，被迫卖淫，以偿还偷渡费用。她们心中的天堂，她们在经历了千辛万苦之后终于到达的乐土，瞬间就变成了人间地狱。”

维拉热激动地讲给阿贾听，他并不知道那些非洲少女也在经历着相同的命运。

“你看，我们并不是最倒霉的。”维拉热做了个总结，“白人、黑人，还有黄皮肤的亚洲人，谁都不容易。”

“是不是最倒霉我不知道，但反正不算幸运。”

“你呢，阿贾？现在你该给我讲讲你的故事了吧。”

阿贾喝了一口啤酒，他们有的是时间，于是他决定从头开始讲。

“我出生在印度的斋普尔，生日应该是在1974年1月10日—15日的某一天（没人知道确切的日期）。我母亲把我生下来就去世了。一命换一命。在贫困的家庭里，这样的事儿十分常见。我父亲一个人照顾不了这么小的孩子，所以就把我交给了他的姐姐抚养，也就是我最亲的表兄亚力丹纳普（在我心里，他就是我的亲哥哥）的母亲。我这位姑母，名叫福尔达瓦[1]，生活在塞尔萨尔沙漠中的吉沙尼

1　原文为Fuldawa，法语谐音Fous le dawa，意为去他的达瓦（一种谷物）。

亚古尔（Kishanyogoor），一个位于印度和巴基斯坦边境的小村庄。我就是在那儿长大的，那是片荒凉贫瘠的土地。但是我姑姑并没有把我看成是家庭的一分子，反而认为我是一个负担，很不愿意家里又多出一张嘴吃饭。她的所作所为让我觉得自己是个多余的人。所以我经常被送到邻居斯兰格家，斯兰格是个好人，她把我当成自己的亲生儿子，一手把我养大。十年如一日，她把我带大真是很不容易。我是个刺头，但是好奇心强，又重感情。小时候她给我讲了很多故事，受这些故事的影响，那时候我梦想自己以后能成为一个作家或者是说书的。那个时候，我们几乎没有东西吃，也没有钱。我们的生活和荷兰人，不，和远古人的生活没什么两样（我总是把荷兰人和远古人这两个词搞混[1]）。有一天，来了一个英国人，他是一个地质学家，是来研究塞尔萨尔沙漠的。我从来没见过会对一堆沙子感兴趣的人，他给我看了看他的打火机，而作为交换，我和他口交了一次。那时候，我压根儿不知道打火机是什么，更不知道什么是口交，我只是个九岁的孩子。直到有一天，我才明白什么是口交，才知道这不是什么好事儿。但这个

1　法语中的荷兰人（néerlendais）和远古人（néandertalien）拼写相近。

时候我已经被猥亵过很多次了。总而言之，就是那个英国人动动手指就出现了一簇火苗，在我看来像变魔术似的。一簇美丽的蓝色火焰就这么出现了，出现在了这片贫瘠的沙漠上。他看出我对打火机很感兴趣，于是问我想不想要。就这样，我趴到了他的两腿中间，去干那件我根本不懂的事儿，而且还在那儿傻高兴，觉得自己一会儿就能得到那个神奇的物件了。我居然会为了一个打火机就跟一个男人口交！你能想象吗？就为了一个该死的打火机！而那个时候，我还只是个小孩子。现在想起来就想吐。口交之后，我拿着打火机跑去给朋友们看。拿着打火机像变戏法似的变出一簇火苗来的时候，我心里有一种说不出的优越感。只是因为只有自己知道其中的秘密，因为这能给自己带来羡慕的目光。这种感觉就像吗啡一样，越来越让人着迷。我，一个在沙漠里长大的穷孩子，居然能让别人羡慕，你能想象那意味着什么吗？于是我就成为了一位魔术师。在市场上骗那些城市里的孩子，还有那些聪明人。因为那些聪明人最好骗。他们觉得一切都在自己的掌控之中，所以平时并不那么注意。他们觉得没人能骗得了他们。于是，这就进套了！他们栽就栽在这份自信上。而那些傻瓜则不一样。一直以来，他们习惯了被别人当成傻子，当他们和一个能说会道的人打交道的时候就会格外注意。他们会仔细分析你的每一个动作。他们会一直盯着你，一刻也不放松。他们不会错过任何细节，所以他们反而更不好骗。这话是罗伯特·胡迪[1]说的，他是一位法国魔术师。他说得很有道理。我十几岁的时候，在一位德高望重的拉贾斯坦巫师的家里住过一段时间。我的本事都是和他学的：吞下一盒 52 张的纸牌（很难超越 52 张，而且我只吃美国单车这个牌子的纸牌）、在碎玻璃上行走、用厨房用具刺穿身体以及在老师的指导下给他提供优质的口交服务。于是我得出一个结论，对一些大人物来说，口交是人们向他们表示感谢的一种常用手法。我读过所有这类题材的书（当然，这里的题材指的是魔术，而不是口交的艺术），关于魔术师的有罗伯特·胡迪、瑟斯顿[2]、马斯基林[3]。我能让绳子随着我的笛音舞动，然后慢慢地爬到笛子上，最后消失在一团烟雾中。最牛的是我被人们赋予了超能力。在那个村子里，我成了一个半仙。他们并不知道，我唯一的能力就是在故弄玄虚的时候不被

1 Robert Houdin，法国魔术大师，被誉为“现代魔术之父”。
2 Thurston，美国心理学家和心理计量学家。
3 Maskelyne，英国魔术大师。

抓个现行。不论真相是什么，25 年里，我声名鹊起，在人们眼中，我是一名滑稽的魔术师。我的目标是给皇室表演。为此我不择手段，我的生活里充斥着谎言、假象和欺骗。风水轮流转，很快，我也被别人坑了。我声称自己不吃饭，只吃螺丝和生锈的钉子，这样比较能吸引眼球。于是，人们就不给我别的东西，只给我钉子吃。我快被饿倒了。我坚持了一个礼拜。有一天，我实在坚持不下去了，就从厨房里偷了点儿吃的，然后在一个隐蔽的角落，狼吞虎咽地赶紧吃了下去。很不幸，我被发现了。那个王公很生气，不是因为我偷了东西，而是因为我骗了他。我不吃螺钉，而吃了鸡肉和虾，和其他人没什么不同。我把他当傻子骗，他这样身份的人是不能忍受这一点的。于是我先是被剃了胡子，这在我们那儿算是最大的羞辱了，这还不算完，那个王公还跟我玩精彩二选一的游戏：要不去学校教育小朋友们别偷东西别犯罪，要不就得被砍掉右手。‘你是魔术师嘛，肯定既不怕疼也不怕死。’他大笑着对我说。当然，我选了前者。为了感谢他给我选择的自由，我提出给他一次口交服务，我说得天真无邪。这难道不是成人之间表示感谢的一种方式吗？从来没人跟我说过这有什么不好。当时的我还是个处男。他满脸怒火地把我踢出了宫廷。现在我理解了。一想到这些，我就羞愤难当。没有钱，于是我重操旧业，继续当起了到处游走的骗子。我谁都骗，我周围的人、过路的游客，总之，碰到谁骗谁。最近，我费尽心思让村子里的人们相信我必须得买一张宜家最新款的钉钉床来维持生命。所有人都上当了，我应该和他们说我是去弄‘金羊毛’[1]的，于是整个村子给我凑钱。很显然，我不会睡在一张钉钉床上。我在客厅衣柜里藏了一张软床。但是我想我能把这张钉钉床卖掉。可能就是一次心血来潮，我也不知道，也许是为了看看我的信徒们能为我做到哪种程度吧。为了我，整个村子都负债累累，就像你的村子为你所做的那样，维拉热。不同的是，我们村子是受了我的欺骗和蛊惑，把他们弄成这样完全是因为我的自私。我不想帮助别人。我从小就认识的人们把钱省给我，而自己却饿着肚子没钱吃饭。他们所做的一切都是为了帮助我，帮助我这个半仙。但是这次的旅行改变了我，我变得不一样了。先是你的故事，让我非常震撼，然后是把我带到这儿的一连串的意外事件，玛丽的爱，哦，这个一会儿和你细说；苏菲的友谊，这个

1　希腊神话故事，故事中金羊毛被看作稀世珍宝，它不仅象征着财富，还象征着冒险和不屈不挠的精神，象征着理想和对幸福的追求。

也一会儿再给你讲。还有这箱子里的 84 500 欧元。好了，别这样看着我，维拉热，我这就和你细说。”

阿贾原原本本地给维拉热讲完了最近发生的这些事儿，喝下了最后一口啤酒，然后用那双可乐色的大眼睛定睛地看着面前的非洲兄弟。维拉热什么也没说，依然沉浸在自己的思绪里。阿贾的故事真是不可思议。这个印度人说自己要改过自新，要赎罪，这难道不是新一轮的谎言和骗局吗？

阿贾看着自己的手提箱，然后又看了看自己的苏丹朋友，然后又看了看手提箱，他下定了决心。他终于找到了自己要帮助的人。显然，维拉热就是这个人。他想到了维拉热的旅程，他的经历和自己有些相似，无尽的漂泊，似乎没有尽头。

他回想起了在码头送给那个黑人小伙子 500 欧元之后自己心中的那种喜悦，那种飘飘欲仙的感觉。他的心像鼓点儿似的，跳个不停。一直以来，他都是用诡计和骗局从别人身上牟利，享受诡计成功的那种满足感。但是现在，他突然发现世界上居然有一种比这种满足感还棒的感觉，那就是帮助需要帮助的人之后，内心的那种满足和喜悦。在码头的那个年轻人身上，他初次尝到了这种感觉，现在，他要做得更好。

阿贾悄悄地看了看周围。他们坐的这张桌子位于这间酒吧的一个不起眼的角落里。除了他们俩之外，只有两位客人，两个老海员，他们在用自己的语言交谈，好像是在谈论自己的经历。他们碰杯的声音很大，也许是在庆祝征服大海之后自己还活着。

印度朋友打开了手提箱，拿了几沓钞票出来，数了数，然后放在维拉热面前。

“这是给你的，维拉热。是给你的家人的40 000欧元。”

说完，他马上关上了箱子。

“箱子里剩下的这些钱，是留给我的家人的，留给那些所有被我欺骗，被我愚弄的人。44 500欧元，是我用来赎罪的，用来给他们买些吃的，让他们生活得好一点儿。”

维拉热依然沉默着。开始的时候，他不太相信阿贾说的什么关于在罗马的法国出版商、写在衬衣上的小说、手稿、预付金的故事，但是他必须承认事实。如果不是这样的话，这个来自印度拉贾斯坦邦的男人怎么会有这么多的钱呢？

“有了这些钱，我就不用非得偷渡到英国了。”维拉热结结巴巴地说，“要知道，阿贾，我可以安心地回到苏丹，回到自己的家……”

说着，他的眼里闪过了一抹乡愁。

“但是，这钱我不能要。”

阿贾觉得帮助别人之后那种飘飘欲仙的感觉应该和付出成正比。在码头给那个年轻人500欧元之后心里真是充满了满足和喜悦，这一次，印度朋友觉得这次钱翻了80倍，这种满足和喜悦感应该也是那时的80倍。但是事情有些出乎意料。重要的不是我们付出了多少，而是我们付出了。这次，和上次的感受一样，一样的满足和喜悦，程度也和上次一样，没有翻80倍。但这也足够让他飘飘然了。然而，维拉热的最后一句话对他来说无异于是一颗重磅炸弹，让印度朋友一下子从天堂掉到了人间。

“你得拿着。我不能再把钱拿回来。这是给你的，维拉热，拿着！”

“这是你的钱。这次是你不坑不骗，老老实实写书挣的。”

“对啊，钱是我挣的，所以我有权利把它们用在我觉得应该用的地方。”

阿贾不相信让一个偷渡者接受40 000欧元的馈赠会这么困难。

“为了我，你就接受吧，维拉热。再也不用挤在船舱里，不用藏在汽车的后备箱里，不用钻到货运卡车的车厢里。我希望看到你自由自在地生活，而不是一直陷在被追捕的恐惧中。不想看到你到处漂泊。回家吧，孩子们在等着你呢，你会是个好父亲。”

维拉热想了想，大约两秒钟后，他终于接受了。

银行里出来的钱，都像一群小猪似的，喜欢一摞挨着一摞地躺在箱子里睡觉。给了维拉热 40 000 欧元，箱子里有点儿空了，阿贾把那些淡紫色的钞票上面一沓，下面一沓，纵横交错地在箱子里码好，填补了空出来的空间。

每个人都有自己的路要走。阿贾要往北走，维拉热则要往南走。虽然要分别了，但是谁都不会忘记他们共同的这段回忆。也许有一天他们会再次相见呢？命运有时候就是这么神奇。也许上天已经注定了呢？世界有时候就是这么小。

印度朋友坐上了一辆出租车，向机场进发。上一次坐出租车还是在这次奇妙的旅行刚开始的时候。这次坐的这辆远没有上次坐的那辆舒服，但是至少这个司机不会千方百计、无休无止地想要置他于死地。

就这么定了。印度朋友要赶第一班去巴黎的飞机，他要去见玛丽，和玛丽一起去酒吧喝喝小酒，就像玛丽上次提议的那样，或者陪玛丽去宜家买台灯。这次，如果她再碰到自己的手，自己绝对不会把手抽回来。这次，他要和她一起度过那些美丽的夜晚，看着她卷卷的睫毛迷人地一张一合，让自己的心也随之跳动。他会给她揭秘所有她感兴趣的魔术，然后重新写写自己那本小说的结局，有爱人在身边，感觉肯定不一样。

在利比亚，他没什么事儿要干了。话说回来，本来他也没要来这儿干什么，就像一棵橡树，第二天突然发现自己被移植到了撒哈拉沙漠中。他回印度也没什么重要的事儿。洗心革面的阿贾达沙特胡·拉瓦什·帕戴拉在那片土地上找不到自己的位置。就像他以前接触的那些眼镜蛇一样，蜕皮了，有点儿重获新生的感觉。在吉沙尼亚古尔，他一直是个行骗老手。他不能回去，不能承认到目前为止自己的人生只是一出鸿篇巨制的虚伪闹剧。他不能再带给人们希望和幻想，其实这些希望和幻想也是从他们自己那儿偷来的。没有人会理解。阿贾回来了，是的，但是他不再是魔术师了，他不再想穿他那些像大块儿婴儿尿布一样的布片儿衣服，他要穿帅气的衬衣。事实上，他从来都没有什么超能力。他装神弄鬼只是为了骗钱而已。骗这些穷人的钱。他根本不能把水变成酒，他也不能治愈癌症，他甚至连抽个血都怕疼，所以你想，他怎么能用叉子来刺穿舌头？

什么，你曾经亲眼见到过他这么做？是的，他这么表演过，但用的是橡胶做的假舌头。

不行，真的，他不能回去。他应该在别处开始全新的生活，在离那儿很远的地方。去一个不会碰到他的那些乡里乡亲的国家。他一到巴黎就会给亚力丹纳普和斯兰格打电话，告诉他们自己的决定。他们肯定会很难过，但是他们会理解他的。他会给他们寄去 34 500 欧元。让他们，还有村子里其他的人，在需要的时候有钱可花。那个时候，他们就会理解他了。他留了 10 000 欧元给自己和玛丽，从现在开始他要为两个人打算了。这就是载着他们通往新生活的魔毯。

真实、单纯、平凡的新生活。

肯定是充满爱的新生活，这一点确定无疑。

但是当阿贾到达的黎波里国际机场之后，所有的计划都泡汤了。上一班去巴黎戴高乐机场的飞机已经在前一天晚上起飞了，下一班飞机至少要在两天之后才能起航。机场跑道被叛军占领了，估计政府军得用两天的时间才能把他们赶出机场，收回跑道的控制权。

很久以前，住在沙漠中的印度人用自己头上的头巾来测量水井的深度。这么多年来，阿贾第一次摘下了头巾，他想用这块头巾来丈量一下自己心中的痛苦。

政府军收回的黎波里国际机场柏油跑道的时间比预想的要长。总共花了 5 天的时间。这 5 天阿贾达沙特胡一直把自己关在酒店的房间里，除了出门买点儿简单的食物之外，没有踏出房门一步。恋爱中的人不会感觉到饥饿。不但在恋爱中，还身在一个战乱的国度，所以就更不会饿了。所以有薯条，有巧克力棍子面包，再有点儿糖果吃就足够了。当然，如果能洗个热水澡就更好了。

阿贾身上的钱足够他入住利比亚首都最豪华的酒店，您肯定是这么想的。为什么这 5 天要把自己关在机场里呢？因为市里面动荡不安，阿贾作为一名外国人，真没有胆量拎着一堆钱，就为了找一家好餐厅满大街乱逛。街上已经基本上没有车了，军方不再像前几个月那样，强制性地把外国人都送上大型渔船运到意大利的海岸，这儿已经不是欧洲人想来就来的游乐场了。阿贾在的黎波里港码头看到的那一幕在很长一段时间里都清晰地印在他的脑海里。那个年轻的非洲小伙儿被那些兵痞洗劫一空之后，无力地靠着墙滑坐在地上，号啕大哭。他看到自己留给他的那张 500 欧元的钞票了吗？他会拿这些钱干什么呢？他现在在哪儿呢？这些问题永远都不会有答案，但是印度朋友则倾向于在自己心里给自己一个乐观的答案。

阿贾住的那家小旅馆就在航站楼里，旅馆下面几层有一个三明治自动贩卖机，这些天他天天去光顾，里面的三明治基本都被他买空了。

阿贾这几天与世隔绝，就像生活在一个孤岛上一样。他在房间里回想着最近这几天的经历。这场疯狂的逃窜，这些各种各样千奇百怪的事儿，这些经历让他蜕变成了个全新的人。旅程中五次震撼直击心灵。一直精打细算地过日子，有一天突然发现自己有了100 000欧元，谁遇到这种事儿都会马上变成哲学家的。

首先，拿到这笔钱的时候，你会有种难以置信的感觉，因为现实生活中从来没有天上掉馅饼的事儿。而且他也没有为大人物提供口交服务，怎么会这么多钱。其次，这个世界上到处是骗子，处处有骗局，像他这样靠行骗为生的人不在少数。在这些人眼中，世界就是一个大型的狩猎场，任何人都是他们的猎物。他明白这些，因为自己曾经也是其中的一员。

但是，当在罗马的他看到酒店里自己的那间房间富丽堂皇，苏菲只是单纯地让他住，对他没有任何企图，看到那一沓一沓淡紫色的钞票，因为衬衣上的那几行字，就这么简单地属于自己了，他意识到了世界上还有这样的好人，还有人这么信任他。比如苏菲·猫索，她这样的国际影星，居然还能从那样忙碌的工作中抽出时间来关心、帮助自己。自己真的应该好好谢谢她，再和她解释清楚自己突然跑路的原因。到巴黎之后，他一定要给苏菲写一封长信。

毕竟，不是所有的人都是骗子。这些天的经历让阿贾明白相比从别人那儿骗钱，尽自己的努力去帮助身边的人，为他人付出让人快乐得多。如果别人和他说这番话，他会觉得虚伪至极，并且十分不以为然。但是事实就是如此。他回想起自己给维拉热 40 000 欧元时，维拉热的眼神。那双眼睛给他留下了深刻的印象，同样的，玛丽的双眸也深深地印在阿贾的心中。

玛丽。

马上就能见到玛丽了。

每天晚上周围都会传来阵阵枪声，阿贾则躺在床上，想着玛丽，甜甜地入睡。手里紧紧地抱着那只装钱的手提箱，梦中，手提箱会变成玛丽迷人的身躯，让阿贾尽情地在美妙的梦境里沉沦。

法国篇

离开利比亚的前一天晚上，阿贾在公共电话亭给玛丽打了个电话，告诉玛丽自己马上就要到巴黎了，告诉玛丽自己对她势在必得。告诉玛丽自己再也不会在她抚摸自己手臂的时候抽回自己的手，再也不会拒绝她的邀约，他会陪她去酒吧喝喝小酒，会陪她一起度过美妙的夜晚。会陪她去战神广场，看那些卖埃菲尔铁塔和卖房子的印度同胞。他想陪她看尽世间的一切风景。

“你知道吗？整件事情中最奇怪的就是你去了英国，去了巴黎，去了巴塞罗那，去了罗马，但是你却没有见到大本钟，没见到埃菲尔铁塔，没见到圣家族大教堂，这些你统统都没见过。你和我的朋友阿黛莉娜有点儿像，她也是这样，只知道欧洲这些城市里的机场。她是个空姐。不过没关系，我们两个可以一起去看，我会带你好好看看这些美好国度。”

玛丽和维拉热一样，用了“美好国度”这个词，阿贾不由得想到了自己的苏丹朋友，他现在在什么地方呢？一定不会坐在卡车脏乱的车板上，再次往欧洲偷渡了吧？自己给他的那些钱够用吗？能让他的孩子们不再挨饿，不再受漫天蚊虫的骚扰，让他们的小脸重现光彩吗？这些钱能让他们不再饱受饥饿的困扰吗？

“我们这样浪费了很多时间。”玛丽的声音把阿贾从自己的思绪中拉了出来。

“你说得对。”他回答说。

他的眼里焕发出夺目的光彩，竖着耳朵倾听玛丽的声音。

可以想象玛丽挂电话时的样子，肯定是兴高采烈，心花怒放的。她重新找回了年轻时的感觉。穿上一双球鞋，玛丽向商店飞奔。她要买那种带香味儿的蜡烛，要买鸭胸脯肉，还要买四个漂亮的黄苹果。

阿贾是很幸运的，被关在衣柜里开始了一次奇妙的旅程，然后又满心欢喜地回到了法国，回法国去见玛丽，去和他亲爱的玛丽共度余生。

停，等一下！坐在空客飞机舒适的座椅上，阿贾暗自想着，不能说得太早。就他这运气，没准儿就会碰到劫机的事。然后，再莫名其妙地满世界兜一圈。只有到了巴黎，紧紧地拥住玛丽，他才能平静下来。想到这儿，他看了看放在旁边空座位上的那束漂亮的白色雏菊。

阿贾想象一伙武装恐怖分子突然跳出来，劫持飞机改变航向，目的地是贝鲁特或者是其他类似的地方。印度朋友悄悄地看了看四周，没发现那种具有典型恐怖分子打扮的人。而且他很快意识到整个机舱中，自己是唯一一个留胡子围头巾的人。也许旁边的人这会儿正觉得他是个恐怖分子呢。

他们并不知道，他现在已经是个有身份的人了，漂亮整洁的头巾是为了取悦他心中的女神。他是个富翁，从精神上来说，他心中有爱；从物质上来说，他手里有一只装着44 500欧元的手提箱。马上就要到法国了，他是堂堂正正地入境，而不是偷偷摸摸地偷渡。而且这次是坐飞机，对于这个在过去的几天里已经习惯了坐在宜家衣柜里，藏在行李箱里被运来运去，要不就是乘热气球在空中乱飘的人来说，飞机是一种新颖的交通工具。他不再是一名偷渡客。种种的磨难终于结束了。想想也还好，自己算是运气不错。

这 9 天里，他经历了一次奇妙的旅程，一次心灵的旅程，让他明白发现不一样的风景能够彻底改变一个人。

那天在的黎波里港码头，他伸出援手，帮了那个黑人小伙子一把，还帮助了自己的朋友维拉热，他从来没有这样慷慨地为别人付出过。这种付出不单单是金钱上的（虽然 40 500 欧元对他来说是个大数目，是不小的一笔财富）。他回想起那种帮助别人之后心里的奇妙感觉，满足、喜悦、飘飘欲仙。下一个需要他帮助的人会是谁呢?

空乘人员通知大家飞机要开始降落了，请旅客们竖起自己的座椅，把自己面前的小桌子折叠好，并关闭所有的电子设备。

阿贾坐了起来，穿上鞋，鞋底上黏了一片隐形眼镜。之前他坐在座位上，用脚轻轻地摩擦着脚下的地毯，这个小镜片应该是那个时候黏上的。

他有一种回家的感觉。

是的，有玛丽的地方就是他的家。

阿贾想到玛丽，这个时候她肯定正在机场满心欢喜地等着自己。他想到他美丽的女神，便觉得世界美好得不能再美好了。

与此同时，一位漂亮的法国姑娘兴高采烈地上了一辆出租车。青绿色连衣裙，银色凉鞋，清爽靓丽的搭配让人眼前一亮。这是一辆红色的小奔驰，看起来有些年头了，前门上印着“茨冈出租”的字样，车里放着吉卜赛国王合唱团的吉他曲。

“师傅，去戴高乐机场的出站口。我要去机场接个人，他坐的那班飞机还有半个小时就落地了。是从的黎波里飞过来的。哦，就是利比亚的首都。利比亚这些年战乱不断，不过现在还好。”

司机师傅点点头，表示同意。她没必要和他解释这么多。这是一位胖司机，属于毛发浓密型，一部分胸毛甚至从他黑色衬衣的领子里钻了出来，黑白交杂。胖胖的手指跟香肠似的，手上还戴着金戒指。他紧紧地握着方向盘，时刻准备着应对突发状况。

仪表板上面放着出租车营业执照。执照上除了一张司机师傅的黑白照片，还印着司机师傅的名字：古斯塔夫·帕鲁尔德，甚至标明了他是茨冈人，工号是 45828。

“车门上怎么有花？”玛丽十分好奇。

古斯塔夫心里想着，到机场还得一会儿，实在是不耐烦听这位女士磨叨，真想给她嘴上装个拉链拉上。

“明天我女儿结婚。”他不耐烦地说，看起来似乎不那么高兴。

他摁了一下喇叭。

“恭喜恭喜！”后座上的女士声音里透着欢喜，“您肯定又高兴又骄傲吧。”

“那小伙子还凑合吧。”

“哦，别这么说，先生。您看，您的千金是为爱而结婚的。我们应该为她高兴，不是吗？”

“在我们帕鲁尔德家，结婚不是因为爱，女士，是因为利益。结了婚自然就有爱了，即使没有也没关系。”

“女儿明天就结婚了，您还在勤勤恳恳地工作。”女乘客试图纠正这位胖司机的价值观。

“这是为了赚钱，好给女儿、女婿买一辆新的房车住。”

“我明白了。”后座的女士如是回答，其实她根本不明白。居然有人一辈子住在房车里，还住得挺不错？她只睡自己那张舒服的大床，沙发都不睡，更不会屈尊地睡到其他地方。所以对她来说，真是搞不明白怎么有人会一直住在房车里。

“新郎是哪里人？”

“西班牙人。”

“西班牙哪里的？”

“巴塞罗那的。”古斯塔夫回答说，满心的不耐烦，在后面满心好奇的女乘客再次发问之前自愿地说道，“他会来这边住，以后就在巴黎这边生活，和我们一起，我们都商量好了。一般来说，丈夫在哪儿妻子就跟到哪儿，嫁鸡随鸡嫁狗随狗嘛。但是在帕鲁尔德家，是女人说了算。那个男孩儿来自巴塞罗那的一个茨冈大家庭。从我这儿来说，我很满意这桩婚事。”

“一桩跨国婚姻。”玛丽凝视着前面的路，陷入沉思，“两个来自不同地方的人组成一个家庭，真的很美妙。我现在正要去机场接我的未婚夫（玛丽不觉得自己在说谎，她只是很有先见之明地提前用到了这个称谓而已），他也不是法国人，而是印度人。运气好的话，以后我们也会是一对儿幸福的异国组合。”

他又不是她的什么人，她脑子短路了吧，和他说这些干什么？陌生人之间果然比较不设防。

玛丽透过前排两个座椅之间的空隙，凝视着前方的路，继续沉浸在自己的想象中。她幻想着自己站在阿贾身边，穿着漂亮的纱丽，周围色彩缤纷，他们走过红毯的时候会有花童把玫瑰花瓣撒向他们，浪漫而唯美，她幸福得像个公主。

“印度人……”司机师傅重复着，也陷入了沉思，“说实话，女士，我对印度人没什么好感。”

说着，古斯塔夫的右手松开了方向盘，摸了摸裤子口袋里那把象牙柄的欧皮耐尔军刀，这段时间以来，他一直随身带着这把刀，从不离身。

“我碰见过一个不怎么样的印度人，”他接着说，“他是个小偷。我和你说，再让我看到他，一定没他的好果子吃，一定的。”

“不能一概而论吧，不是所有的印度人都是这样。”玛丽心里知道，大多数人和眼前这位茨冈司机看法一致，“你知道吗？我未婚夫就是个正直而诚实的人，他是一名作家。”

“一名作家？”茨冈司机平时根本不读书，连巴黎的街区地图都不看。

“要是能介绍你们认识的话就好了。您要是不介意的话，到机场之后，您等我一下，这样我也不用再叫车回巴黎，您也能见到阿贾达沙特胡了。我已经迫不及待地想介绍你们认识了。见了他，您一定会对印度人的看法有所改观的。”

“没问题，尊敬的女士。”

红色的小奔驰继续在高速公路上驰骋。车窗外，太阳慢慢地落山了，周围的树木和建筑都被镀上了一层橘色的光晕。

茨冈司机突然用力地拍了一下脑门儿，然后又看了看手表。

“还好，您正巧是要来机场。我表弟吉诺今天从罗马飞过来。我本来想着接不了他了，没想到这会儿正好过来了。他是为了我女儿的婚礼特意赶来的，他是婚礼当天的发型师。”

古斯塔夫没说他这位表弟在意大利开了家罗马发廊[1]（法语读音意同男士发廊[2]），后来，一群茨冈年轻人在墙上乱喷乱画，把罗马发廊（Coiffeur pour Rome）弄成了只读存储器发廊（Coiffeur pour Roms）。这些没教养的孩子甚至都不知道把西班牙茨冈人和罗马尼亚茨冈人或者是保加利亚茨冈人区分开来。

“如果您不介意的话，”古斯塔夫接着说，“在您去接您的朋友的时候，我去接吉诺，然后咱们在车旁边集合。您觉得怎么样？您不介意和我表弟坐一辆车吧？”

“不介意。”玛丽高兴地说，“恰恰相反！人多才热闹嘛！”

话虽这么说，但玛丽心里还是有点儿介意的。

1 原文为 Coiffeur pour Rome。

2 原文为 Coiffeur pour hommes。

第三章

德瓦那皮亚“砰”的一声瘫倒在地，监狱里的水泥地上冰冷而潮湿，瓦里德看不到，于是他向一个正巧路过的囚犯问发生了什么事，然后，他知道自己的朋友去世了。

瓦里德哭了。（我查证过了，盲人也会流泪。）那一晚，他流干了眼泪，伤心欲绝。在他的家乡阿富汗都能听到他的哽咽声。

他刚刚失去了一个朋友，在这所监狱里唯一的朋友，同时也再一次成了瞎子，没有人会再充当他的眼睛，继续给他讲述窗外的情景。这种情况下，这所监狱马上就会变成地狱。

第四章

瓦里德醒来的时候已经是第二天的下午了，他的床边围着三个医生。如果他没有失明的话，就会发现囚室四周原本灰暗、破旧的墙壁居然变得洁白如新。地上也一改往日的脏乱，变得干净而整洁。再加上房间里的医疗器具，这里看起来更像是一间医院的病房而非一间囚室。

瓦里德想坐起来，但是有人伸手按住了他，与此同时，他听到有人说话，声音很粗，说的语言他不懂，但是他能分辨出这应该是僧伽罗语。

他想问问怎么了，发生了什么事儿，刚想张嘴，发现嘴里插着管子，根本不能说话。

刚才的那个粗嗓音又说话了，他不懂这个人在说什么，但是他知道这个人的意思是叫自己不要动，也别用劲儿。

于是瓦里德就这么躺在那儿，虽然心里充满疑问，但是却什么也没问。几小时之后，一个阿富汗翻译匆匆忙忙地赶了过来。

有了他，这个房间里的医生和病人终于能沟通了。

“您叫什么名字？”

“瓦里德·纳吉布。”

“好。”医生似乎知道他的名字，只是再确认一下罢了。

“我是德瓦那皮亚医生。您知道您现在在什么地方吗？”

德瓦那皮亚？阿德？瓦里德木然的双眼里充满震惊。他不明白。也许只是重名而已。

“在监狱里。”瓦里德回答说。

“在监狱里？”

看起来这个回答不太对头。

“您现在是在科伦坡军医院。”

“那我怎么会在这儿呢？”瓦里德慌了，“我生病了吗？”

他想起了散步回来阿德突然倒在地上，然后就这么死了。自己是不是也晕倒了？

“您刚刚经历了一次恐怖袭击，在这次袭击中，您是唯一的幸存者。您乘坐的那架去往伦敦的波音 747 航班发生了巨大的爆炸。应该是一个自杀式袭击者带着大威力炸药成功通过机场安检后登上了飞机，然后发动了这次恐怖袭击。我们在废墟里找到您的时候，您的状况十分不好。您昏迷了两个月，我们以为您会一直这么昏迷下去，不会醒了。但是几小时前您醒了。在我看来，这真是个奇迹。这次恐怖袭击是本世纪遇难人数最多的，共有 218 人遇难，只有一位幸存者。”

瓦里德使劲儿回想，但是他的努力是徒劳的，什么也想不起来。或者说，他的记忆和刚才这个医生跟他说的毫不相符，好像他突然穿越到了另一个平行空间。在他的记忆里，他在过安检的时候被警察抓住了，然后被送到了科伦坡监狱，然后遇到了阿德。但是现在看来这一切都是他自己的想象，是他在两个月昏迷期间做的一个长长的梦。从周围这些人的嘴里，他知道自己的任务成功了。这些人没有任何怀疑，尤其不会去怀疑一个可怜的盲人幸存者。炸药就藏在他的手杖里，但是为什么爆炸后他却没有死？瓦里德十分困惑。也许是登机的时候，哪位空乘人员帮他拿着手杖，然后忘记还给他了？不管怎么样，瓦里德把这归结于自己命好，然后喜极而泣。由此可以看出盲人还是会哭的。

不行，阿贾告诉自己，不能就这么结束这个故事。绝对不能给这本书安排这么可怕的结局。杀人凶手不应该是最后的赢家，他不应该笑到最后。尽管这个结局比原来那个要新颖得多，但是有什么用呢，这个结局不好，很不好，有违社会普遍的道德观。对阿贾来说，道德观又成了一个新问题。

他把刚刚完成的三页纸团成一团，扔进了桌子下面的纸篓里。这位印度朋友刚刚开始自己的写作生涯，还没有掌握写好文章的诀窍，但是也读过几本书，他注意到那些故事，不管再怎么黑暗，再怎么艰辛，但一般都会有个美好的结局，或是一个充满希望的结局。故事就像一个山洞，穿过漆黑的通道，然后就会看到外面灿烂的阳光。

也许他实在写不出一个更好的结局。也许他真的不值已经收到的这 100 000 欧元的定金；也许自己注定会辜负大家对他的信任。

这个关于一个盲人恐怖分子的故事，他实在不知道该怎么结束，不，就这么放弃不是他的风格，或者说不再是他的风格。他也想给别人带来希望，这几天的旅程中碰到了太多让人肃然起敬的好人，是他们改变了他。这些人当中有男人，有女人，有白人，有黑人，苏菲，维拉热以及其他的那些人，他们都有一颗包容的心。所以为什么不写写这趟让他蜕变的传奇旅程呢？至少这是一个真实的故事，不是凭空想象的。这是他自己的故事，是他的亲身经历。而且，这个故事还有一个优点，那就是有一个不错的结局。他找到了自己的另一半，组成了一个新的家庭，一个不折不扣的美妙结局。也确实是在穿越了很长一段黑暗之后，终于见到了万丈光芒。

阿贾认真地考虑着书名，他觉得大作家都是从书名开始写书的。“你觉得《困在宜家衣柜里的苦行僧》怎么样？”

他大声地问自己。像是第一次开始创作时机舱里的那只小狗此刻还在他的身边，在见证他新书的创作。他想象那只小狗叫了三声，表示对他的鼓励。

这个书名很有概括性。很好地总结了他的经历。他是阿贾达沙特胡·拉瓦什·帕戴拉，是一个外向、开朗的男人，曾经是一名东方魔术师，现在则是一位西方作家。他以一种很奇特的方式开始了探索欧洲之旅，衣柜、行李箱、热气球、货船，还有行李传送带，他乘坐的交通工具五花八门，千奇百怪。

他想了一会儿。

终于想好了自己新作的开篇之句，“印度人阿贾达沙特胡来到法国说出的第一个词居然是瑞典词。”他看了一眼窗外，笑了，和那些伟大的人物在完成那些伟大的事业时露出的笑容如出一辙。他摸了摸肋骨外面缠着的绷带，深吸了一口气，然后走出了房车。

吉他声，人们的欢笑声，还有西班牙响板声直冲耳膜。有那么一瞬间，阿贾觉得自己似乎置身于意大利的时候做的那个可怕的梦境中。梦里他变成了一头牛，他的表兄变成了一个红红的西红柿，他们俩一起被穿在一根棍子上，放在火上烤，随着吉卜赛国王合唱团的音乐节拍，会有人把棍子转一转，好让他们受热更均匀，火候更到位。简直太可怕了！

他靠住房车的车门，不停地喘着粗气，那颗可怜的小心脏快从嗓子眼儿里跳出来了。

“你干什么呢？”穿着绿色长裙的玛丽看起来像是一位印度公主。

阿贾松了口气，还好，还好自己不是一头被烤熟的牛，离开车门站好，然后紧紧地拥着玛丽向五颜六色的人群走去。人群那边突然热闹起来。

“没什么，我刚才在写东西。突然有了一个不错的想法，我想赶紧把它写下来，省得忘了。”

“我们不写了，今天是个大日子，应该好好享受这种欢乐的氛围！”

说着，玛丽给了阿贾一个大大的拥抱，然后拉着他的手，跳起了弗拉门戈。他们旁边，一个金发碧眼的茨冈姑娘，穿着粉红色的新娘礼服在长桌上欢乐地跳着，木质的鞋跟敲击着桌面，发出一阵阵欢快的砰砰声。

与此同时，一个大腹便便的胖男人放下了手中的吉他，站起身，朝阿贾走了过去，靠近阿贾的身边后，低声对他说道："我们和好吧，阿贾达沙特胡·拉瓦什[1]（法语谐音意为：把你那头牛拴住）。希望你别太介意我给你的那一刀。"

说着，他把手放到了阿贾的肋部。这次，古斯塔夫·帕鲁尔德手里没拎冰箱，不再那么具有攻击性了。

"别忘了咱们说好的，要不是你跟我保证给孩子们好好变戏法，即使我收了你那 500 欧元，也照样把你捅成筛子。我想你应该明白的。"

不远处，玛丽正一脸幸福，无忧无虑地看着他，阿贾只能勉强地咧嘴笑笑。他看了看孩子们的位置，深吸了一口气，然后冲进了人群。

米兰达·杰西卡和汤姆·克鲁斯·耶稣喜结良缘 4 个月后，阿贾向玛丽求婚了。那天，阿贾和玛丽去了塞纳河上的一家船餐厅享用晚餐，这家船餐厅不仅有歌舞表演，有时候也会有一些魔术表演。当天晚上表演的魔术师是一位大师级的人物，这家船餐厅上贴满了他的照片。阿贾事先做足了功课，和这位魔术大师早就设计好了，所谓万事俱备，只等玛丽了。当天晚上，这位魔术大师的表演惊艳四座。求婚的戒指被包在一块儿印度丝绸手绢里，一只机械蝴蝶

1　法语谐音 Attache-ton-taureau-la-vache。

扇动着漂亮的黄蓝相间的翅膀，带着这个小小的丝绸包裹飞向玛丽，然后轻轻地落在了玛丽肩上。1845 年魔术大师罗伯特·胡迪表演过一个类似的魔术，现在，这个魔术又来了个印度版本。

吃饭的时候，阿贾和玛丽就商量着要把他们的好消息告诉那些亲朋好友，当然，这其中绝对包括他们的那些新朋友。然后，玛丽发现了藏在小手绢里的那枚钻戒，一下子惊呆了。

斯兰格和阿贾的那四位最亲的表兄弟，亚力丹纳普，瓦什斯马蒂，里巴斯马蒂和帕克曼（按照他们在阿贾心中的重要程度排序），近期会来他们在蒙马特尔的公寓做客。说不定他们都会留在巴黎成为房产经纪人呢。埃菲尔铁塔（模型）总得有人卖吧。

阿贾的书在全球大卖，一时间，印度朋友声名鹊起。也多亏如此，维拉热才知道了阿贾的消息。他给这位萍水相逢却又患难与共的印度朋友写了长长的一封信，对他表示了自己的祝贺，然后又再次感谢了他当初的慷慨相助。他用这些钱，在村子里建了一所学校，除此之外，还帮助了好几个家庭脱贫，让他们不再挨饿。苍蝇还是很多，他对此没什么好办法。

现在，苏菲·猫索已经知道了整个故事的来龙去脉，不再纠结于自己的新朋友连声再见都没和自己说，就拿着钱跑路了。他们冰释前嫌，而苏菲的经纪人埃尔维后来也成了阿贾的经纪人，他的手心依然是湿湿的，汗津津的。

阿贾也不再是一个单纯的作家。他喜欢去帮助他人，他享受帮助他人之后的那种满足和喜悦，爱上了那种飘飘然的感觉。他和玛丽用他的版税创立了一个协会，专门帮助那些需要帮助的人。

宜家的设计师们有感于阿贾在去英国卡车上的经历，设计了一款别出心裁的内置卫生间和生存手册的衣柜。毫无疑问，这款衣柜在未来的几个月里将会在希腊和土耳其边境热卖。

而此时阿贾和玛丽正在谈论着当天的海难。有一艘非法运载偷渡客越境的船只在利比亚和意大利之间的海域遇难，上面有 76 名偷渡客。意大利派出了好几架直升机在这片海域上搜索失事的船只。救援人员不遗余力地在海面上搜寻，但是一无所获，没有找到失事船只。船上有个叫伊斯马埃尔的索马里少年，只有十七岁，当天早晨他满怀希望地登上了这艘船（前些时候，他在自己身边捡到了一张 500 欧元的钞票，于是觉得这是真主阿拉给自己的启示，他拿着钱买了这张船票）。

阿贾和玛丽享用烛光晚餐的时候，854 名偷渡客正在试图非法越境，准备进入他们心目中的“美好国度”，碰碰运气。但是其中只有 31 个人偷渡成功，他们也经历了那种卡车稍一减速心就跳到嗓子眼儿的恐惧，还好，车没停。

这一天，辛普森警官没有在宜家衣柜里发现其他的偷渡者。也许是因为警局高层读了阿贾的小说，明白了阿贾的无辜，辛普森警官得到了晋升，被调去负责多佛尔海峡的入境稽查。从此以后，这位警官每天最大的事儿就是在警局门口喂喂鸽子，要是哪天奥运会把喂鸽子作为一项运动项目纳入比赛范围，那我们这位英国警官一定能去一展身手。

玛丽答应了阿贾的求婚。

阿贾单膝跪在玛丽面前，把一枚订婚戒指戴在了玛丽手指上，然后站起身，在周围人的欢笑和掌声中，紧紧地拥住玛丽，来了一个激情长吻。几天后，一位布雷迪廊街[1]的印度裁缝给玛丽量了尺寸，准备做一件华丽的红色和金色相间的纱丽。送这位女裁缝回去的车已经备好了，是一辆半旧的红色奔驰。也许是经历了不少的磕磕碰碰，车的表

1 Passage Brady，印度人聚居区。

面已经有些凹凸不平了。车上挂着一套全新的宜家平底锅，从遥远的塞尔萨尔沙漠的沙丘上都能听到车上发出的“叮叮咚咚”的声音。

图书在版编目（CIP）数据

困在宜家衣柜里的苦行僧 /（法）普埃尔多拉著；高原译．— 北京：北京联合出版公司，2015.12

ISBN 978-7-5502-5316-2

Ⅰ．①困… Ⅱ．①普… ②高… Ⅲ．①长篇小说 - 法国 - 现代 Ⅳ．① I565.45

中国版本图书馆 CIP 数据核字（2015）第 105448 号

困在宜家衣柜里的苦行僧

作　　者：（法）罗曼·普埃尔多拉
选题策划：银　子
责任编辑：李　伟
版式设计：@_叁囍

北京联合出版公司出版
（北京市西城区德外大街 83 号楼 9 层　100088）
北京鹏润伟业印刷有限公司印刷　　新华书店经销
字数：128 千字　　700 毫米 ×980 毫米　　1/32　　印张：8
2015 年 12 月第 1 版　　2015 年 12 月第 1 次印刷
ISBN 978-7-5502-5316-2
定价：32.80 元